Vorstellung

ISBN 3-85463-115-4
© 1992 Edition Falter/Deuticke
Die Edition Falter/Deuticke ist ein
Gemeinschaftsprojekt von:
Deuticke Verlag und Falter Verlag
Herausgeber ist Franz Schuh
Herstellung Falter Verlag, 1011 Wien
Druck: Wiener Verlag, 2325 Himberg
Umschlaggestaltung: Tino Erben
Alle Rechte vorbehalten
Fotomechanische Wiedergabe nur mit
Genehmigung des Verlages

Stefanie Holzer

Vorstellung
Eine kleine Unkeuschheit

Roman

Edition Falter/Deuticke

Teil I

Sandra und ich

MANCHE DINGE HABE ich am liebsten, wenn ich sie selber mache, sagte sie, als sie vor einer auch außen teilweise blutrot gefärbten Schüssel mit frischem, noch warmem Rohnensalat saß.
Falsch: *Ich* habe das gesagt, nicht *sie*. Ich bin die, die fast bedauert, zum Essen eingeladen zu werden, weil wieder nichts so gekocht, d.h. gewürzt sein wird, wie ich mir das vorstelle.
So kann man keinen Roman beginnen.

Ich votiere für eine klassische Eröffnung: WIR, nicht ich, wollen Ihnen eine Geschichte erzählen. Sandra und ich sind WIR. Wir laden Sie ein, sich in bequemen Patschen und legerer Weste — eventuell mit einem trockenen Sherry am Beistelltisch — im Lehnstuhl niederzulassen und dergestalt eingestimmt den Ausführungen der Ich-Erzählerin Gehör zu schenken.
Sandra ist zweiunddreißig Jahre alt, ich bin noch nicht neunundzwanzig. Sandra wird in der folgenden Geschichte als Sandra Gruber erscheinen. Seit sieben Jahren heißt sie, aufgrund törichter Gesetze, infolge Heirat nicht mehr Gruber, obwohl sie fünfundzwanzig Jahre lang Gelegenheit hatte, sich an diesen Namen zu gewöhnen.
Wie sie nunmehr heißt, werden wir aus einsichtigen Gründen nicht verraten. Es wäre zu befürchten, daß im Fall der Annahme dieser Geschichte durch einen der — wie immer Sie nach stattgehabter Lektüre dazu stehen mögen — gewiß verdienstvollen Verlage ein Leser, der sich als Arbeitskollege oder Nachbar herausstellen könnte, sie wiedererkennt und auf diese Art intime Kenntnis über sie erlangte, was natürlich weder in ihrer noch in meiner Absicht liegt. Sandra und

ihre gesamte Familie, auch der Gatte, tragen für die Dauer des Romans den Namen Gruber.

Wir werden einen kleinen Teil von Sandras bisheriger Lebensgeschichte erzählen. Bei der Schilderung wird sich möglicherweise hin und wieder das Problem für den Leser ergeben, daß er nicht wissen können wird, ob durch ICH Sandra oder ich bezeichnet wird. Doch mit etwas gutem Willen und Einfühlungsvermögen dürfte diese Hürde leicht zu überwinden sein.

Sandra hat also das schöne Handi gegeben, nun ist es an mir zu sagen, wer ich bin. Stefanie Holzer, geboren in Ostermiething am 17. 10. 1961, Volksschule in Taufkirchen an der Pram, Gymnasium in Schärding am Inn, Studium in Innsbruck. Seit April 1989 beschreibe ich mich an allen Ecken und Enden als Mitherausgeberin der Zeitschrift *Gegenwart*, die den Untertitel *Zeitschrift für ein entspanntes Geistesleben* führt.

Als Berufsbezeichnung scheint diese Angabe den meisten Zeitgenossen zu dürftig, trotzdem kann ich nicht mit dem Doppelberuf Hausfrau und Mutter aufwarten. Zudem sind Bezeichnungen wie *Dichter* und *Schriftsteller* beim Publikum schon so sehr durch esoterische Schönheiten männlichen und weiblichen Geschlechts besetzt, daß es mir fernliegt, mich so vorzustellen. Ich fühle mich jener bodenständigen Art zugehörig, die auf die Frage Wie gehts? mit Gut antwortet; egal wie es tatsächlich um mich bestellt sein mag. Das ist übrigens der Grund, weshalb ich mich mit Sandra bald so gut verstand.

Selbstverständlich habe ich während der Zeit meines Schulbesuchs auch *gelebt*, jedoch ist hier nicht der Ort, darüber zu reden; wir sind übereingekommen, zuerst Sandras Geschichte in ihrer Eigenschaft als zur Ehefrau mutierte Tochter zu erzählen.

Sandra ist keine Schulfreundin von mir, Studienkollegin ist sie auch nicht, da sie in Wien aufgewachsen ist und ich in der von mir wie von allen Provinzlern als eher widerwärtig erachteten Weaner Stadt nur über meine Leiche studiert hätte.

Wir haben einander in Innsbruck auf der gynäkologischen Ambulanz kennengelernt.

Als ich den dritten Tag hintereinander beim Aufwachen in der Gegend, die der Engländer so treffend mit *private parts* beschreibt, einen pochenden Schmerz, gemischt mit leisem Ziehen, verspürte, überkam mich jene Beunruhigung, die nur ein Hypochonder nachempfinden kann. Ich hatte gehofft, die Symptome würden sich durch ausgiebigen Schlaf und festes Wünschen verziehen. Das Pochen ließ sich aber nicht ignorieren, deshalb entschloß ich mich, den Stier bei den Hörnern zu packen. Ich nahm den Schminkspiegel, der immer auf meinem Schreibtisch steht, weil ich mir, wenn mir nichts einfällt, die Zeit damit vertreibe, Wimmerl in meinem Gesicht aufzuspüren und dieselben unter Zurücklassung gräßlicher roter Flecken auszudrücken. Meine Haut ist nicht so beschaffen, daß Jagdobjekte im Überfluß vorhanden wären, deshalb kommen schon die Mitesser in frühestem Stadium dran. Infolge Einfallslosigkeit sehe ich hin und wieder aus, als ob ich in einem Ameisenhaufen gelegen wäre.

Der Schminkspiegel hat anstelle des Zielfernrohrs, dessen sich die Waidmänner bedienen, einen Vergrößerungsspiegel und auf der Rückseite einen normalen.

Mit diesem Hilfsinstrument bewaffnet, begab ich mich ins Bad. Der Spiegel war nötig, weil die wenigsten in frühester Jugend so viel an ihrer Biegsamkeit trainiert haben, daß es ihnen im Erwachsenenalter möglich wäre, ohne künstliche Hilfsmittel den eigenen Genitaltrakt zu inspizieren. In Alfred C. Kinseys *Das sexuelle Verhalten des Mannes* habe ich gelesen, daß zum Beispiel nur einer von tausend Männern in der Lage ist, Selbstfellatio auszuüben.

Wie auch immer, ich stellte zu meinem Entsetzen fest, daß sich im Hilfsinstrument eine Schwellung mit einem haselnußgroßen, trotz der eher rötlichen Schleimhautbedeckung gelblich schimmernden Kern spiegelte. Ab diesem Zeitpunkt schmerzte die Veränderung, denn nun konnte ich sie nicht mehr als Einbildung abtun. Ich hatte schon in den vorhergehenden Tagen Bäder mit Kamillentee genommen, da diese Pflanze im getrockneten und aufgebrühten Zustand vielerlei Unpäßlichkeiten zu vertreiben imstande sein soll, was in meinem Fall vorerst nicht zutraf.

Ich machte mich auf den Weg in die gynäkologische Ambulanz, wo mir von der Schwester an der Rezeption mitgeteilt wurde, daß es nunmehr zwanzig Minuten nach elf sei und die Aufnahme von Patientinnen nur bis elf erfolge. Das Bild in meinem Schminkspiegel war mir noch sehr gut in Erinnerung. Die punktuelle Schwellung hatte mir auf dem Weg zur Klinik bewußtere Schmerzen bereitet, weshalb ich zu ansonsten nicht üblicher Kühnheit fähig war und lachte.

Die Schwester, eher bärbeißigen Gemüts, nahm dies nicht übel. Ich wagte mich weiter vor und fragte an, was sie denn täte, wenn jemand nach dem Aufnahmestopp Schmerzen hätte. Ob der, das heißt in diesem Fall wohl die, trotzdem warten müßte, bis die Ambulanz ihre Pforten am nächsten Tag wieder öffnete? Ob eine Ambulanz nicht dazu da sei, einen sofort zu behandeln, wenn es schon bei den Gynäkologen ein Ding der Unmöglichkeit sei, einen Sofort-Termin zu bekommen.

Dergestalt bekniet, ließ sie sich erweichen und mich warten. Etwas mehr als eine Stunde verbrachte ich damit, so zu tun, als ob ich den *Stern* läse. Eigentlich beobachtete ich, wie die Gatten einiger des Deutschen nicht mächtiger (wahrscheinlich) türkischer Frauen versuchten, die Schwestern dazu zu überreden, sie mit in den Untersuchungsraum zu lassen. Damit der ehelichen Treue der Frauen keine Versuchung oder gar Gewalt angetan würde? Ich deutete den sphinxartigen Gesichtsausdruck der Frauen als Verunsicherung. Sie schienen den Gedanken, daß ihr Gatte mit hineinkam, am besten auch noch der Bruder und der Schwager, jedoch keine Schwester, Schwägerin oder dergleichen, zu goutieren, weil sie sich vor dem Unbekannten drinnen wohl noch mehr fürchteten. Andererseits — schloß ich von mir auf die Türkinnen — dürfte es ihnen auch peinlich gewesen sein, sich vor diesen zu respektierenden Familienmitgliedern untenherum bei schockierend bloßstellender Beleuchtung nackt zu zeigen.

Die Männer wurden übrigens von den Schwestern abgewehrt. Sie blieben im Warteraum sitzen, was in einer gynäkologischen Ambulanz ein seltsames Bild abgibt, da zwischen den vielen Frauen nun schwarzhaarige Schnauzbartträger auf ihre Untersuchung zu warten schienen. Ob es seltsamer war, wenn die Türkinnen mit Begleitschutz kamen, oder wenn die Österreicherinnen allein dasaßen, um mehr oder weniger wichtige, weil lebensbeeinflussende Nachrichten zu empfangen, fragte ich mich, während ich den Männern zusah, wie sie angespannt warteten und aufsprangen, sobald sich eine Tür öffnete, durch die statt der Gattin meist nur eine Krankenschwester kam.

Sandra muß bereits im Raum gewesen sein. Da ich sie nicht kannte, konnte ich sie zu dem Zeitpunkt nicht wiedererkennen. Sie wurde vor mir aufgerufen, weshalb sie im Gegensatz zu mir nicht in der Lage wäre, Ihnen zu erzählen, daß es einer der Gastarbeiter schaffte, in die Vorhalle des Allerheiligsten mitzukommen.

Da der männliche Teil der prospektiven Leserschaft kaum wissen kann, wie es auf einer sogenannten Frauenstation zugeht, will ich versuchen, die zumindest an der Innsbrucker Frauen- und Kopfklinik übliche Prozedur zu skizzieren: Die Patientin betritt das Untersuchungszimmer erst, nachdem sie der Schwester in einem nebenan gelegenen Kleinbüro allfällige Symptome geschildert hat. Das Büro hat zwar eine Verbindungstür zum Untersuchungszimmer, wo der berüchtigte Stuhl dräut, die jedoch ausschließlich von der Schwester und dem Arzt benützt werden darf.

Der Türke ging mit ins Büro und dolmetschte wohl, was die Frau ihm schamhaft — stellt man sich vor — schilderte, danach kamen die beiden wieder heraus, standen eine Minute ratlos im großen Warteraum. Die Schwester zeigte den Orientierungslosen eine Tür, die den zweiten, mittelbaren Eingang zum Untersuchungszimmer darstellte. Hinter dieser Tür befindet sich ein ein mal einen Meter großer Raum mit einem als Sitzgelegenheit und Kleidungsablage zu verwendenden Brett in ungefähr sechzig Zentimeter Höhe über dem Linoleumboden. Dahinein ging der Türke mit Gattin. Daß sich das Ausziehen von Strumpf- und Unterhose bei der herrschenden Raumknappheit eher schwierig gestaltet hat, kann ich mir unschwer vorstellen, da kurze Zeit später ich aufgefordert wurde, mich eben dieser Kleidungsstücke zu entledigen. Den Rock durfte ich anbehalten, was ich, im Vergleich zu meinem ersten Besuch bei einem Gynäkologen, als Annehmlichkeit beurteile. Damals war ich — ich trug eine moderne Rundhose — dazu angehalten worden, mich unten herum ganz auszuziehen und mich dergestalt unkonventionell gekleidet dem Arzt zu präsentieren. In meinem Fall handelte es sich um eine Frau, was — es tut mir leid, dies sagen zu müssen — die Sache keineswegs, wie erhofft, weniger unangenehm gestaltete. Falls Sie jemals bei der um 1980 wohl einzigen Gynäkologin im Umkreis in Behandlung waren, werden Sie wissen, wovon ich rede.

Ein anderer Arzt, den ich in Innsbruck aufsuchte, hatte seine Praxis gegenüber einer Berufsschule. Das macht an sich nichts aus, es sei denn, wie in meinem Fall, daß der Arzt die Jalousien nicht richtig schloß. Ich saß auf dem gynäkologischen Stuhl, welcher eine mir durchaus nicht sonderlich angenehme Sitzgelegenheit darstellt, und bemerkte, obwohl ich hypnotisiert den Bewegungen des Arztes folgte, daß die Schüler gerade Pause hatten, die sie dazu nützten, wurstsemmelessend aus dem Fenster zu schauen: nicht einfach auf die Straße hinunter, weil dort vielleicht ein Mädchen ging, das ihnen altersmäßig und auch sonst ins

Auge gestochen hätte. Nein, sie schauten geradewegs in die Ordination dieses Frauenarztes, auf dessen wichtigstem Instrument ich mich befand.

Ich fühlte mich noch etwas unbehaglicher, sagte nichts, dachte, um mich zu beruhigen, sofort, daß man mich wohl nicht wiedererkennen würde, denn die meisten Männer dürften Frauen, auch solche, die ihnen auf der Straße aufgefallen sind, wohl eher an anderen Merkmalen als den Innenseiten von gespreizten Schenkeln und was vom Klassenzimmer aus sonst noch sichtbar gewesen sein mag, in ihrem Hirn abgespeichert haben.

Ich schweife ab. Sandra und ich befanden uns in der Ambulanz, ohne voneinander zu wissen. Nach geraumer Zeit, die ich unter anderem dazu genützt hatte, mir zu überlegen, welche unaussprechlichen Krankheiten die anderen Frauen in diese fröhlich gefärbte Gräßlichkeit getrieben haben mochten — Schwangerschaften aller Art, solche, die man wollte und solche, die man fürchtete — unwillkürlich studierte ich Gesichter und Bauchgegenden —, wurde ich aufgerufen. Natürlich nicht namentlich, sondern mit Hilfe einer Nummer oder einer Buchstabenkombination, daran kann ich mich nicht erinnern. Im Nebenzimmer des Behandlungsraumes wurde ich über meine Beschwerden befragt, die ich getreu beschrieb. Auf die Frage, wo sich denn dieser gelbe Knopf befände, stellte sich zu meinem Leidwesen und meiner Beschämung wieder einmal heraus, daß mir die weibliche Anatomie nicht sonderlich geläufig ist — wie oft haben mir frauenbewegte Frauen gesagt, daß ich endlich mein Frausein annehmen, lernen soll, Frau zu sein, gern Frau sein soll.

Ich gab an, daß sich der Knopf direkt auf der Klitoris befände, was natürlich nicht stimmte, wie der Arzt nach etwa zehn Minuten sachkundig herausfand. Danach fragte ich mich, ob ich wohl wirklich nicht gern Frau war, und erklärte mir meine Fehlleistung damit, daß ich deutlich machen wollte, daß es sich bei meinen Beschwerden um keine Lappalie handelte, sondern um eine ernstzunehmende Störung, weswegen die Klitoris als Standort der Beschwerde in ihrer Eigenschaft als — wenn auch verkümmertes — Pendant zum Penis den Schwestern und in der Folge dem Arzt der Aufregung wert erscheinen mußte.

Der Arzt schnauzte allerdings die Schwester an, wollte wissen, wer so deppert gewesen sei, sowas in den Bogen zu schreiben, der ab nun in der Klinik über mich aufbewahrt wurde. Wie die Untersuchung weiter von statten ging, will ich Ihnen ersparen. Kehren wir zurück zum Ausgangspunkt, dazu, wie ich Sandra kennenlernte. Ich war also in dieses einen Quadratmeter große Kabäuschen gegangen, hatte mich der Strumpf- und Unterhose entledigt, beglückwünschte mich dazu, ausnahmsweise einen Rock zu tragen, und hörte dann diese Stimme, die mit dem Arzt das die Untersuchung abschließende Gespräch führte.

Die Musikberieselung, die in solchen Räumen auf Schwangere und andere niedergeht, war zu dünn, als daß ich nicht genau gehört hätte, daß sich die Dame im Untersuchungszimmer darüber beschwerte, daß sie sich den Genitalpilz, dessentwegen sie unter anderem in die Klinik gekommen war, in eben dieser Klinik geholt haben mußte.

Wissen Sie, die Toiletten in der anderen Abteilung sind so abscheulich schmutzig, daß ich schon Angst hatte, ich würde mir was holen davon, und jetzt hab ich mir was geholt.

Dr. Mauer meinte, daß ihm dieser Ansteckungsweg eher unwahrscheinlich vorkäme, daß aber grundsätzlich alles — wie beim Lotto, haha — möglich sei und sie sich weiter keine Sorgen machen solle, der Pilz würde bald verschwinden, und sie solle sich doch wegen der anderen Sache entspannen.

Fast jede Frau hat hin und wieder einen Genitalpilz. Solange man das rechtzeitig behandelt, ist gar nichts dabei.

Bei dieser Rede bekam ich zum wer-weiß-wie-often-Mal in meinem Leben das sichere Gefühl, daß etwas an mir sein mußte, was mich von der Mehrzahl der Menschen, in dem Fall der Frauen, unterschied. Ich konnte nicht behaupten, jemals einen solchen Pilz gehabt zu haben. Dafür hatte ich diesen gelben Knoten. Ich horchte aufmerksam, als das Gespräch zwischen Arzt und Patientin zum Eigentlichen kam.

Sie sollten sich nicht soviele Gedanken darüber machen. Es gibt viele Paare, besonders in Ihrem Alter, die jahrelang kein Kind wollten, und wenn sich die Meinung dieser Frage gegenüber geändert hat, alarmiert zum Arzt rennen, weil sie nicht sofort zwei Tage nach dem Absetzen der Pille oder der Entfernung der Spirale schwanger werden. Die sind psychisch nicht in der Lage zu einer Empfängnis. Und dann, patsch, eines Tages, wenn sie gar nicht mehr denken, daß sie noch jemals schwanger werden könnten, hats eingeschlagen.

Die Dame nahm diesen Exkurs über andere Patienten gut auf, sagte, daß sie sich schon Ähnliches gedacht habe, daß es wohl falsch von ihr sei, wenn ihr vorschwebte, noch in diesem Jahr schwanger zu werden, damit das Kind, wenn es zehn Monate alt wäre, also gehen lernte, den Sommer als Jahreszeit vorfände, was ihr und dem Kind Spaziergänge erleichterte. Zudem sei die Erkältungsgefahr gebannt.

Sie müßte sich einfach entspannen, bestätigte der Arzt, bei ihr sei rein organisch alles in Ordnung. Die Untersuchung des Gatten habe bislang auch nur Gutes zutage gebracht, wo soll bitte da das Problem sein? Halt fleißig sein, empfahl er noch, und sich entspannen. Es könne natürlich nicht angehen, daß man den Verkehr nur zur Zeugung unternahm, dies sei nicht die Art von Entspannung, die er meine, ganz und gar nicht. Spielerisch müsse das von statten gehen, auf den Partner konzentriert und nicht auf das Kind, verstehen Sie?

Natürlich könne es nichts schaden, wenn sie weiterhin die Temperatur messe, damit sie wisse, an welchen Tagen ein Verkehr unbedingt erfolgen müsse, weil so die Wahrscheinlichkeit einer Befruchtung immens zunehme.

Angesichts solcher Themen hatte ich meinen gelben Knopf fast wieder vergessen. Dr. Mauer, wie er sich mir bald darauf vorstellte, wollte die Dame loswerden, sagte schon zum dritten Mal, Also dann, Frau — und sie schnitt ihm wieder das Wort ab, fragte nochmals eindringlich, ob der Pilz der Konzeption wohl nicht im Wege stünde. Er wiegelte ab.

Der Pilz ist in Null-Komma-Josef wieder weg und dann ist der Weg auf alle Fälle frei, auch psychisch, Sie verstehen. Das ging noch einigemale so hin und her. Ich dachte daran, daß man sich, gesetzt den Fall, der Arzt habe recht, alle Verhütungsmittel sparen könne, wenn man selber und der jeweilige Partner *psychisch* felsenfest der Überzeugung sei, daß eine Fortpflanzung nicht das angepeilte Ziel der Zusammenkunft sei. Meine Psyche war mir nicht ganz so gut bekannt, schien mir nicht so verläßlich, wie ich mir das in der Verhütungsfrage gewünscht hätte. Das Sicherheitsrisiko wäre schon bezüglich der eigenen Person zu hoch gewesen. Bezüglich eines Partners schien sie lebensbedrohend. Also war die psychologische Verhütung in meinem Falle wohl nicht angeraten. Die Dame ging und ich war an der Reihe.

Der Arzt empfahl — nachdem ich fast vom Stuhl gesprungen wäre, weil die Schwester gefragt hatte, ob er ein Messer brauche, was er glücklicherweise verneinte —, mir eine Halbliterflasche Kamillosan zu kaufen und ziemlich warme Bäder zu veranstalten. Damit sollte der Knopf weggehen.

Und wenn nicht, dann kommen Sie wieder, dann nehme ich Sie stationär auf.

Für diesen Fall dürfte sein Plan mit einem Messer zu tun gehabt haben, weswegen meine Psyche stark dazu neigte, sich anzustrengen und den Knopf aus meiner Schamlippe zu verbannen. Um Sie, falls Sie zur mitfühlenden Sorte gehören, nicht länger auf die Folter zu spannen: Kamillosan nützte, der Knopf ging weg.

Wieso ich Ihnen solche Sachen erzähle? Nun, ich tus nicht gern, das ist eigentlich nichts für andere Leute, schon gar nicht solche, die ich nicht einmal kenne.

Stellen Sie sich vor, dieses Buch würde ein Erfolg, glauben Sie, daß eine anständige Rundfunkanstalt, wie etwa der ORF das ist, einen Text senden würde, in dem Wörter wie *Schamlippen* und *Verhütungsmittel*, oder was ich da immer geschrieben haben mag und noch schreiben werde, vorkommen? Wider besseres Wissen muß ich berichten, weswegen ich in der Ambulanz war, da meine Inspiratorin, Sandra, darauf besteht.

Sie stimmte der Bekanntgabe ihrer Motivation, sich in der Klinik aufzuhalten, nur zu, wenn auch ich rückhaltlos gestünde, was ich dort verloren hatte.

Da fällt mir ein, ich hatte bei meinem Besuch natürlich keinen Krankenschein mit, den schickte ich erst an den behandelnden Arzt, als Sandra mir die Sache wieder in Erinnerung rief. Dr. Mauer wird also wissen, falls er diese Zeilen lesen sollte, wem er zu verdanken hat, daß ich doch noch meine Schuld beglich. Wenn es nach mir gegangen wäre, das heißt nach der mir eigenen Gedankenlosigkeit, wäre nie Geld von der Kasse an den Arzt geflossen.

Sandra war bei der Erstellung des vorliegenden Manuskripts sehr streng mit mir. Nicht, daß sie Fehler korrigiert hätte, nein, aber sie meinte immer wieder, ich wolle ihr am Zeug flicken, was keineswegs in meiner oder der Absicht irgendeines Schreibers liegt. Zum Beispiel führte ich ins Treffen, daß die schriftliche Begründung meines Aufenthalts in der Klinik peinlicher für mich sei, als ihre für sie sein könnte. Schließlich steht mein Name auf dem eventuell erscheinenden Buch vorne drauf, und ohne Zweifel finden sich genügend Zeitgenossen, die mich für geschmacklos halten, wenn sie Geschichten lesen, deren Thema mit dem Genitalbereich auch nur am Rande zu tun hat, noch dazu meinem, dem der Autorin, der wahrhaftig nichts in einem Roman verloren hat. Doch Sandra blieb hart. Die Geschichte, die wir erzählen wollen, hat ebenso mit ihrem Genitalbereich zu tun. Schließlich kommen die Kinder nicht vom Küssen auf die Welt, wie wir beide lange Zeit geglaubt haben.

Sandra hat in diesem Disput die Oberhand behalten. Sandra sieht nur so aus, als ob sie weiblich-zerbrechlich, anschmiegsam und na, Sie wissen schon, sei. Wer sie kennt wie ich, weiß, daß sie es nicht schwer findet, sich durchzusetzen. Außer bei ihrem Mann natürlich. Aber das ist eine ganz andere Geschichte.

An sich kann ich Frauen wie Sandra nicht leiden. Sind mir zu, wie soll ich sagen, zu weiblich vielleicht. Die Art von Frauen, allein ihre Anwesenheit, kann mich nervös und aggressiv machen. Laut Psychoanalyse bedeutet das, daß ich entweder lesbisch bin oder lieber ein Mann wäre, was in einigen Fällen das gleiche sein soll. Verstanden hab ich das nur halb und bin deswegen auch gebührend schuldbewußt. Diese Erkenntnis hat nichts daran geändert, daß Frauen von Sandras Kaliber mir nicht geheuer sind. Sie vermitteln das Gefühl, daß sie auch in der hitzigsten Diskussion bewußt entscheiden, ob sie zur Bekräftigung eines Arguments die Hand eher an den Hals legen, mit dem Mittelfinger auf ihr Schlüsselbein drücken oder trotz respektive wegen gröbster Anwürfe von der Gegenseite eine statuengleiche Ruhe und Schönheit entwickeln, den Arm am Ellbogen aufstützen, die Hand lässig-elegant hängen lassen. Natürlich so, daß dem Betrachter die sauber manikürten und lodernd rot lackierten Nägel als Blickfang dienen müssen.

Über die Art von Frauen könnte ich Ihnen viel erzählen, doch Sie kennen sie ja selber. Wie die immer die Beine übereinanderschlagen! Mein Religionslehrer hat, zum Thema Abtreibung befragt, gemeint, daß es sich dabei um eine keinesfalls vorzunehmende Methode der Verhütung handle. Nur im Extremfall, den eine Vergewaltigung darstellt, ließe er eventuell mit sich handeln. Nur, sagte er, glaube er nicht so recht an die vielen Vergewaltigungsopfer, habe vielmehr den Verdacht, daß die Damen *das* wollten. Die können nicht die Beine so übereinanderschlagen, enge Tigerröckchen tragen, die eine Handbreit unter dem Schamdreieck enden, und dann meinen, daß die Männer nicht wüßten, wozu sie auf die Art in einer doch recht direkten Metasprache aufgefordert werden.

Über die Jahre verlor diese Argumentation in meinen Augen an Stringenz. Denn bei der kirchlichen Erlaubnis, im Vergewaltigungsfalle eine Abtreibung vorzunehmen, wird schließlich implizit anerkannt, was ein Slogan einer Fraktion der Feministinnen war, nämlich: Mein Bauch gehört mir. Kurioserweise kann ich mir nicht vorstellen, daß jemand wie Bischof Krenn einer solchen Einstellung zustimmen würde, obwohl er selber einen unübersehbaren Bauch besitzt, an dessen Formvollendung er nunmehr wohl das sechste Jahrzehnt bastelt.

Mit Sandra kann man aus begreiflichen Gründen nicht über solche Sachen reden, sie findet Abtreibung, in welchem Fall auch immer, gräßlich. Wer tut das nicht?

Sandra saß an einem dieser kleinen Tische in dem bereits angesprochenen Café, ihr gegenüber ein Mann, der ihr Mann hätte sein können. Er hielt ihre Hand, sie redete sehr schnell. Ich hörte immer wieder nur den Satz: Ich sollte dir das nicht erzählen, aber irgendwem muß ich das erzählen, sonst werd ich verrückt.

Ihre Stimme klang dumpfer als in der Gynäkologie, da sie ständig drauf und dran war zu heulen. Das ging geraume Zeit so dahin. Ich erinnere mich nur mehr, daß ich dachte, Mein liebes Fräulein! Das ist der Falsche zum Ausweinen, der will was ganz anderes von dir. Sie merkte das nicht. Er streichelte ihre Hand mit diesem alternativ-betroffenen Bewußtsein von Körperlichkeit, das vordergründig nichts mit Sexualität zu tun hat, aber im Effekt penetrant *herkömmlich* wirkt. Der Bursche hatte kein Taschentuch mit. Als Sandra schon hoffnungslos heulte, die Nase hatte zu tropfen begonnen, zog man das hauchdünne Serviettchen unter der Kaffeetasse hervor. Sandra versuchte sich zu schneuzen, was insofern gelang, als sich viel Naseninhalt außerhalb derselben befand, nämlich soviel, daß das Ebner-Kaffee-Serviettchen dem Andrang nicht standhielt, was zur Verschmutzung der schön gepflegten Hände und zu weiterer Steigerung der allgemeinen Verzweiflung führte. Da schritt ich ein, reichte ungefragt zwei Taschentücher über die schmale Trennwand zwischen den Tischen.

Ich saß vor der erkaltenden Schale Kaffee, nippte am Wasser, das neuerdings auch in Innsbruck automatisch mit dem Kaffee serviert wird, und konnte mich grade noch davon abhalten, mich in dieses Gespräch einzumischen. Dieses Festhalten an der äußeren Form kostete mich zuviel Energie. Ich zahlte und ging, obwohl in dem Moment gerade meine Verabredung mit zirka einer Stunde Verspätung eingetroffen war. Der war wohl doch nichts für mich. Ich sagte, daß ich keine Zeit mehr hätte und wir diesen Plausch ein anderes Mal nachholen müßten. Wann?

Nun, wir werden einander schon wieder treffen.

Zu Hause kam ich zum Schluß, daß mein Verhalten grundfalsch gewesen war. Wie sollte es denn möglich sein, herauszufinden, ob dieser Bekannte vielleicht zu einem etwas engeren Freund taugte, wenn ich wegen einer knappen Stunde Verspätung, die ich übrigens wohlig mit Belauschen von Sitznachbarn verbracht hatte, er zum größten Teil mit fruchtloser Suche nach einem Parkplatz, nicht mehr bereit war, einen zweiten Kaffee vor mir kalt werden zu lassen und dann mit einem Schluck in meinen Magen zu entsorgen.

Früher war das einfacher. Da lernte man jemanden kennen beim Tanzen oder was weiß ich wo. Heutzutage fragt man sich, wo man noch jemanden kennenlernen soll. Seit geraumer Zeit hatte ich das Gefühl, in Innsbruck alle annehmbaren Männer längst zu kennen. Von denen waren die meisten in einer zumindest nach außen hin intakten Beziehung gut aufgehoben, und die anderen, keine Ahnung, wieso da nichts zu hoffen war. Kaum hatte ich einen Kandidaten aufgetan, machte ich sämtliche Hoffnungen eigenhändig zunichte. Immer wieder nahm ich mir programmatisch vor, anschmiegsam, nachsichtig und fürsorglich zu sein. Zu Innenpolitik keine Meinung mehr zu haben, da eine solche, aus Frauenmund verkündet, ansonsten Furchtlose in Angst und Schrecken versetzen kann.

Internationale Politik hingegen ist das ideale Terrain für die Frau von heute. Bei diesem Thema ist kaum jemand sattelfest, was macht es also, wenn *sie* dazu ihre *erfrischenden Einfälle* zum besten gibt. Es gelang mir kaum, diese Vorsätze auszuführen, und wenn, war ich mir selber zuwider. Das war in meinem Alter kein Spaß mehr. Schließlich ging ich auf die Dreißig zu und hatte drauf zu achten, daß ich mich endlich in einer stabilen Beziehung befand, damit das Altern wenigstens nicht in Einsamkeit zu absolvieren wäre.

Sandra war seit ihrem fünfundzwanzigsten Lebensjahr verheiratet. Glücklich. Sie war von der Uni mit einem Titel abgegangen und hatte sich verehelicht. Was das genaue Ziel dieser Aktion gewesen war, daran konnte sie sich nach sieben Jahren nicht mehr erinnern. Das Glück und die ewige Liebe vielleicht. So blöd, wie das nach dem Scheitern klingt, war die Sache am Anfang allerdings nicht gewesen. Denn Herbert, Sandras Gatte, war auch auf der Uni, wurde dort Assistent und dann das übliche, er hatte sein Sandralein sehr gern und wollte sein Leben mit ihr verbringen. Der Mann im Kaffeehaus war — wie ich vermutet hatte — nicht Herbert.

Herbert war um die Zeit in der Uni und prüfte Studenten oder forschte an irgendwas, nicht erwähnenswert, versteht sowieso kein Mensch. Das ist bei der Mathematik so ein Problem. Sandra erzählte von einem Kollegen ihres Gatten, der ihr nie geheuer gewesen, aber nichtsdestoweniger ständig bei ihnen zu Gast war, weil er der einzige in Österreich vorhandene Mensch war, mit dem Herbert über sein Fachgebiet reden konnte. Schon bei der Dissertation fing das an, da mußten Gutachten aus der BRD eingeholt werden, weil der eigentliche Gutachter kein Wort — Wörter gabs da nicht viele, mehr Zeichen und Symbole — verstand. Bei der Habilitation wars noch schlimmer, auch weil sich die Ehe der beiden inzwischen etwas weniger optimal entwickelte.

Sandra wollte ein Kind. Den Ärzten zufolge war sie auch in der Lage, sich diesen Wunsch zu erfüllen.

Herbert? Nun, sie brauchte ein Weilchen, bis sie ihn überredet hatte. Dann ging er sich untersuchen lassen. Seine Spermien, stellte sich heraus, waren etwas weniger agil, als Sandra sich das erst in den letzten beiden Jahren zu wünschen begonnen hatte. Früher wäre sie manchmal weniger ängstlich gewesen, wenn sie gewußt hätte, daß von dieser Seite nur geringfügige Gefahr ausging. Solche Untersuchungen werden nicht früh und oft genug gemacht.

Sandra hat erzählt, daß sie das, was August Walla *Lulu-Honig* nennt, seit diesen Untersuchungen mit anderen Augen betrachtet. Früher hat sie, da sie mit Insekten wenig im Sinn hat, sich geradezu geekelt davor.

Die Vorstellung, daß abermillionen winzigster Tiere in ihr herumscharwenzeln, sich gierig auf die geruhsam lagernde Eizelle stürzen und wetteifern, sie anzubohren, um darin aufzugehen, sich wohlzufühlen wie eine Made im Speck, fand sie zumindest beunruhigend, von den etwaigen Folgen ganz abgesehen. Natürlich hat das mit dem Reinheitstick unserer Zeit zu tun. Alles muß rein sein; sauber genügt nicht.

Sandra und ich haben, als wir in der Pubertät waren, bezüglich der Sexualität, der gegenüber sich die Erwachsenen in unserer Gegenwart betont kühl und sachlich gaben, ähnliche Gedanken gewälzt: Wir hatten in Erfahrung gebracht, daß die Fortpflanzung nicht via Kuß auf die Lippen von statten ging. Die Möglichkeit des Zungenkusses war uns unbekannt. Das war auch besser so. Wir hatten — einige Rückfälle nicht gerechnet — gerade damit aufgehört, uns mißliebigen Menschen die Zunge zu zeigen. Wir wußten um das Unanständige der Zunge. Als wir schleppend darüber in Kenntnis gesetzt wurden, daß gerade jene Gegend am menschlichen Körper, die nicht einmal angefaßt werden durfte, weil sie so schlüpfrig war, die Gegend war, mit der *Liebe* ausgedrückt wurde, waren wir konsterniert. Wir hatten unbewußt gehofft, daß dazu noblere Körperteile herangezogen würden.

An sich hätte uns klar sein müssen, daß der in Frage stehende Bereich durch Urinieren und Defäkieren allein nicht ausgelastet sein konnte. Alle Körperteile sind multifunktional. Mit dem Mund wird gesprochen, gegessen und fallweise wird durch ihn sogar erbrochen, die Ohren hören, produzieren Ohrenschmalz und dienen als Ohrringaufhängung. Augen dienen zum Schauen, Becircen, Sich-doof-Stellen und Schlafen.

Bei den Überlegungen, womit wohl körperliche Liebe ausgeführt würde, war uns hin und wieder der Verdacht gekommen, daß eigentlich nur eine Region in Frage kommen konnte. Schließlich waren alle anderen für die Inspektion durch den jeweiligen Inhaber freigegeben, wohingegen zwischen den Beinen striktestes Tast- und Betrachtungsverbot herrschte. Doch wir wagten beide nicht zuende zu denken, was wir insgeheim ohnehin vermuteten: Schließlich war uns eingehämmert worden, daß sowohl Urindrang, für den wir Worte kannten, zum Beispiel *minen*, *lulu* und *wischeln*, als auch der andere Drang, der ausschließlich mit *Ich muß aufs Klo* zu beschreiben war, keine Themen bei Tisch waren. Als wir dann *aufgeklärt* wurden, fühlten wir uns brüskiert. Die Mütter, die uns über die Unreinheit zwischen den Beinen in Kenntnis gesetzt hatten, hatten uns erstens im Zuge der körperlichen Demonstration der damals noch vorhandenen Liebe zwischen Mutter und Vater empfangen, wie sie das nannten, und sich uns zweitens zu allem Überfluß aus eben dieser in geringem Ansehen stehenden Körperregion abgepreßt.

Ein oder zwei Jahre später wurden Sandra und ich noch einmal in Alarmbereitschaft versetzt, als wir erfahren mußten, daß nicht nur die Missionarsstellung sich zur Materialisierung einzigartiger Gefühle eignet. Gut, die Zunge durfte außerhalb des ärztlichen Untersuchungszimmers nicht gezeigt werden, aber hierarchisch stand sie Wolkenkratzer über der Genitalregion, und nun war plötzlich alles umgekehrt. Nicht nur mit den Händen sollte nun — noch dazu beim gegengeschlechtlichen Partner — in Bereiche gelangt werden, die an einem selbst den eigenen Händen tabu waren. In krassen Fällen, wurde uns kolportiert, sollten wir mit der Zunge, Sie wissen schon. Das waren Zeiten! Kaum hatten wir den heiligen Schrecken, den der entblößte Anblick des männlichen Gliedes nun einmal hervorruft, überwunden, das soll heißen, wir lagen einigermaßen entspannt da, ließen die Materialisierung ehrenwerter Gefühle glücklicherweise nicht mehr ganz unbeteiligt über uns ergehen, als wir dort hingreifen mußten. Sandra und ich haben sehr gelacht, fast hysterisch, als wir einander erzählten, wie wir uns gefürchtet haben, weil sich diese Fortsätze, die wegen der lurchartigen Gestaltung und Ausführung eher frühe göttliche Werkstücke zu sein schienen, als immens weich und dann doch wieder fest herausstellten, und wir nicht wußten, wie damit zu verfahren wäre.

Sandras erster Freund hatte — wie sie bezüglich seines Geschlechtsteils — nur sehr vage Vorstellungen bezüglich der Handhabung weiblicher Tabubereiche gehabt. Nach zweijähriger Beziehung und einem schmählichen Ende derselben stellte sie zu ihrer Überraschung und auch Genugtuung fest, daß *das* auch anders sein konnte. Da war sie achtzehn gewesen und der ehemalige Zweit-Freund ihrer Nachbarin, eine Art Vertreter, der in jeder beliebigen Stadt seine einzige große Liebe sitzen hatte, war infolge seines nicht geringen Erfahrungsschatzes in der Lage gewesen, Sandra von der Annehmlichkeit des Geschlechtsaktes zu überzeugen. *Erfahrungsschatz* im Sinne von Reichtum hatte bei ihm keineswegs eine ausschließlich quantitative Konnotation, wenngleich das Sample an Frauen, mit Hilfe derer er Erfahrungen sammelte, durchaus beachtlich gewesen sein dürfte. Sandra hat ihn nach diesem Grillfest nur noch einmal wiedergesehen, und zwar in Salzburg, er ging neben einer Hochschwangeren her. Das war vor zwei Jahren. Sandra fuhr nachträglich der Schreck in die Glieder, ihr hätte das auch passieren können, verhütet hat der Casanova nämlich nicht. Das hat sie erst mit Herbert gelernt. Beim ersten Freund, der sie instruiert hatte, daß sie nicht nur vaginal — übrigens mit Präservativen — und händisch mit ihm verkehren könnte, sondern auch noch mündlich, hätte sie nie im Leben sagen können, daß seine geschlechtlichen Umgangsformen für ihren Geschmack zu unzart, um nicht zu sagen, zu burschikos waren. Zu Herbert hat sie zwar auch nichts gesagt, einige nonverbale Andeutungen von beiden Seiten optimierten jedoch das bereits beachtliche Anfangsergebnis. Sandra meint, daß manche Männer ihren weiblichen Anteil weniger unterdrückten und sich so besser vorstellen können, wie und was. Ich halte das eher für Schmonzes, aber da meine Theorienbildung zu diesem Thema nicht aus den Kinderschuhen herauskommt, muß ich Sandras Hypothese so stehen lassen.

Sandra und ich amüsierten uns königlich, als wir einander erzählten, wie das alles vonstatten ging, wie wir uns angestellt haben, in jenem Alter, in dem man per definitionem ständig verliebt zu sein hat und glücklich sein soll, und das wegen der immens bedrükkenden Konfusion, die einen alle daumenlang heimsucht.

Sandra, die, seit sie mit Herbert im Clinch ist, ständig auf Gleichberechtigung herumreitet, als ob das die neue Religion wäre, hat mir erlaubt, ihre Erste-Freund-Geschichte zum besten zu geben, wenn auch ich etc.

Wer jetzt auf eine nette kleine Bettgeschichte wartet, wird enttäuscht werden. Ich bin nicht ins Bett gegangen mit meinem ersten Freund. Wir haben uns beim Tanzkurs kennengelernt. Ich war mehr auf der Seite der Mauerblümchen denn auf der der aufblühenden, betörenden Orchideen angesiedelt. Dieser nur schwer zu akzeptierende Umstand ließ mich spätestens sieben Stunden vor Beginn der Tanzstunde in Schweiß baden. Ich hatte einen exorbitanten Verbrauch von Deo-Rollern, die mir die Achselhaare verklebten — und mich erst recht wieder zum Transpirieren brachten, wenn ich allzu lange auf dieser schauerlichen Bank an der Wand in diesem widerwärtigen Wirtshaussaal zu sitzen gezwungen war, bis endlich einer kam und mich erlöste.

Damals war *Bump* modern. Ich weiß nicht, ob diese Form des körperlichen Ausdrucks heute noch gelehrt wird, möchte jedoch aufgrund meiner damaligen Erfahrungen im Sinne eines weitestgehend humanen Umgangs mit Heranwachsenden davon abraten. Mich wählte damals zur Ausführung dieses unsäglichen Tanzes die männliche, dem Mauerblümchen entsprechende Form des mittel-attraktiven Jünglings, wie ich immerhin ohne Pickel.

Der Nachteil dieses zu meiner Erlösung vom Himmel gesandten Engels war, daß er in den drei dem Tanzkurs vorangegangenen Jahren jeweils zehn Zentimeter gewachsen war, weswegen er sich erstens ungelenk bewegte und sich zweitens ein Höhenunterschied von ihm zu mir ergab, der bei anerkannteren Formen des Tanzes möglicherweise kleine Schwierigkeiten nach sich gezogen hätte: Was für ihn ein kleiner Schritt war, bedeutete für mich einen riesigen solchen.

Beim *Bump* war der Höhenunterschied fatal, denn bei dieser Betätigung hat man — wie Sie vielleicht wissen — einzelne Körperteile gegen die entsprechenden des Partners zu, wie soll man das nennen?, bumsen zu lassen. Als Beispiel soll uns nur der Hintern dienen: Wenn wir beide die geforderte Bewegung ausführen wollten, landete mein Hinterteil knapp oberhalb der Kniekehlen meines Partners, seines traf mich mit voller Wucht im Kreuz.

Egal. Eigentlich wollte ich von Harald erzählen, der mich wohl im Sturm eroberte, weil er viel kleiner als mein bisheriger Tanzpartner, aber nicht zu klein war. Wir ließen mit soviel Anstand, wie bei diesem Tanz nur möglich, den Hintern und weiß der Teufel was noch alles auf einander klatschen. Mit Harald ging ich nach den Tanzstunden noch um ein paar Häuser herum. Wir spazierten. Zu Anfang hat er nur meine

Hand in seine genommen, nichts gesagt, dafür beredt den Speichel, der offenbar in überdurchschnittlich großen Mengen produziert wurde, hinuntergeschluckt.

Als eines Abends meine Speichelproduktion für Harald unüberhörbar wurde — auch ich wußte nichts zu sagen —, faßte er sich ein Herz und küßte mich, wobei vorerst die Version des Küssens, bei der die Zunge eine wichtige Rolle spielt, ausgelassen wurde. Ziemlich bald dämmerte mir, daß mein Part dabei nicht einfach mit dem Zurverfügungstellen meiner Lippen erledigt sein konnte. Zwanglos ergab sich die Zungenversion, wobei ich mich nicht erinnern kann, wer damit eigentlich begonnen hat.

Richtig gefallen hat mir die Küsserei, wenn ich wieder zu Hause war und daran dachte. Währenddessen war der Genuß vermindert, da fieberhaft überlegt werden mußte, wie man sich dabei anstellt: den Kopf in den Nacken oder lieber doch nicht. Die Frage, dürfen Frauen auch Zungen in andere Münder stecken oder ist dies ein Privileg der Männer, wurde abwechselnd, je nachdem wie ich Haralds Reaktionen interpretierte, mit Ja und gleich darauf wieder mit Nein beantwortet.

Lang hielt die romantische Phase des in Kurzzeitgedächtniserinnerungen Schwelgens nicht an. Harald begann, ein Bein zwischen meine Beine zu stellen, was bedeutete, daß irgendwie auch eines meiner Beine zwischen seinen Beinen zu stehen kam. Und da wurde mir die Sache hin und wieder etwas zu diffizil. Ich wußte nicht, was mir geblüht hätte, wenn ich ohne allzu großes Zögern auf die implizit durch die Beinstellung gemachten Vorschläge eingegangen wäre. Wie gesagt, ich war aufgeklärt. Demgemäß wußte ich, daß die Betätigung, über die ich nichts wußte, schnurstracks zu einem, zu *meinem* Kind führen würde. Wiederholt hatte der Biologielehrer darauf hingewiesen: hie ein Ei, da ein Spermium, zack! Zellteilung. Überdies war mir und meinesgleichen in Aussicht gestellt worden, daß die in Frage stehende natürlichste Betätigung der Welt, zumindest beim ersten Mal, Schmerzen verursachen und zudem außermenstruellen Blutfluß bewirken würde. Abgesehen von diesen kaum erstrebenswerten Unannehmlichkeiten war die enervierende Möglichkeit des Scheidenkrampfes stark im Bewußtsein verankert. Die Geschichte von dem Paar, das ineinander — sozusagen verkeilt — auf einer Bahre aus dem Zug getragen werden mußte, wurde oft und gern erzählt.

Die Möglichkeit der Vermehrung war in meinen Augen der triftigste Grund für sexuelle Abstinenz. Dementsprechend verhielt ich mich enorm zurückhaltend, was mich — wie ich gern zugebe — hin und wieder dauerte. Schon damals hab ich gemutmaßt, daß es nicht unkommod wäre, kuschelig mit jemandem und so weiter, aber die Frage, ob nicht schon genug Menschen im Haus meiner Eltern wohnten, konnte nur mit *Ja* beantwortet werden.

Damit das wochentags zum Glosen verminderte Feuer der Leidenschaft nicht von zuviel Asche bedeckt wurde, griff Harald zum äußersten Mittel und schrieb mir Briefe, da wir uns nur an den Wochenenden sehen konnten. Diese Briefe waren hervorragend geeignet, meine damals an sich schon heftig pulsierende romantische Ader noch stärker schlagen zu lassen.

Zwischen Harald und mich drängte sich ein Brief, den ich leider nur mehr aus dem Gedächtnis summarisch zitieren kann, da ich ihn sofort nach Erhalt zusammen mit all den anderen Briefen dem Allesbrenner unserer Zentralheizung überantwortete.

Dieses rote Ungetüm aus dem Hause Guntamatic hat die einzige in schriftlicher Form an mich gerichtete Liebeserklärung in Asche verwandelt, die aller Wahrscheinlichkeit nach ganz prosaisch im Müllcontainer landete und von einem Wagen mit der Aufschrift *Haltet die Straßen rein!* abgeholt und auf einer der damals noch mit allgemeinem Konsens eröffneten Müllhalden verstreut wurde.

Heute finde ich das traurig. Sandra glaubt mir kein Wort davon. Und wenn es wahr sein sollte, daß ich die einzigen jemals an mich adressierten Liebesbriefe weggeschmissen habe, sagt sie, dann muß ich zumindest früher ein enorm gestörtes Verhältnis zu jenen Dingen gehabt haben, die man mit Liebe in Zusammenhang bringt. Sie an meiner Stelle hätte all diese Briefe mit einem roten Band (plus Masche) verschnürt, sie aufbewahrt und sie immer wieder gelesen, wenn sie in mieselsüchtiger Stimmung wäre. Hätte sich auf die Art schlüssig bewiesen, daß sie doch ein liebenswerter Mensch sei, auch wenn im Moment niemand außer ihr selber und dem oder den Verflossenen dieser Meinung war.

Sandra hat so ein Päckchen aus Jugendtagen aufbewahrt, hat es mir sogar einmal gezeigt, mir aber genaueren Einblick zu meinem Leidwesen verweigert. Wenn ich meine nicht verbrannt hätte, wäre sie im Austausch bereit gewesen, ihre Briefe meiner Diskretion zu überlassen. Dieser Handel konnte aufgrund jugendlichen Fehlverhaltens meinerseits leider nicht durchgeführt werden.

Herbert hat sie übrigens kennengelernt, wie man alle kennenlernt, die im universitären Bereich beschäftigt sind. Man sitzt im gleichen Büro, nicht im selben, sie zwei Stockwerke über ihm, sie zwei Monate Assistentin, Herbert schon drei Jahre. Wie das genauer vonstatten gegangen ist, tut nichts zur Sache. Wahrscheinlich sind sie einander bei einer offiziösen Gelegenheit, einem institutsinternen Festakt nähergekommen, er hat ihr vom Büffet vielleicht Lachsschaum auf das nachtblaue Kleid gepatzt, sie hat so getan, als ob sie den bulligen Kerl nicht niederschlagen wollte, er hat sich am nächsten Tag noch einmal entschuldigt, sie auf einen Kaffee in die Alte Mensa eingeladen. Von da an sind sie öfters gemeinsam Kaffeetrinken gegangen und so weiter und so fort. Die andere Möglichkeit ist die, daß sie auf ein Fest eingeladen worden ist, gar nicht recht hingehen wollte. Herbert ging hin, weil er seit einiger Zeit das Gefühl hatte, daß er mit seiner Freundin nicht mehr so gut zurechtkam, wie er sich das wünschte. Unbewußt, sagte er später zu ihr und zu Sandra, hat er sich auf die Suche begeben, hat Ausschau gehalten nach jemandem, mit dem er sein Leben verbringen könnte. Und da war Sandra gewesen. Sie waren einander bekannt vorgekommen, wußten nicht woher, stellten sich einander vor. Redeten über die Uni, das Leben dort und dergleichen. Er begleitete sie nach Hause, ging diesmal noch zu seiner bisherigen Freundin, die er erst aus seiner Wohnung entfernen mußte, solange konnte Sandra ihn dort nicht besuchen. Die zog schneller aus, als er gedacht hatte. Zweimal hatte er bei Sandra übernachtet, da haute sie den Hut drauf. Nannte ihn noch Arschloch und war weg. Weder die Beschimpfung noch der Abgang schmerzten Herbert besonders, denn er hatte nunmehr seine Sandra, die ihn aufs Vortrefflichste tröstete.

Natürlich könnte er sie auch schon seit Jahren gekannt haben, aus der Heimatstadt. Ich kenne Herbert zu dem Zeitpunkt der Geschichte noch nicht, weiß nichts über ihn, er könnte also sehr gut ebenfalls aus Wien stammen und mit Sandra im Gepäck in Innsbruck eingetroffen sein. Denken Sie sich selber aus, wie Leute sich kennenlernen. Anderen fällt das offenbar nicht schwer.

Ich war letzthin auf einem Fest, da hab ich mit allen möglichen Leuten geredet, aber mir ist möglicherweise als einziger wieder keiner untergekommen, dessentwegen ich nicht hätte schlafen können. Andere Leute scheinen da einen ausgeprägteren Spürsinn oder größere Empfänglichkeit zu haben.

Das stimmt nicht. Nur hab ich nicht ständig das Gefühl, daß der, mit dem ich da rede, unbedingt fürs ganze Leben bleiben muß, deshalb amüsiere ich mich besser. Mir genügt einer, der im Moment lustig ist, braucht nicht gescheit zu sein.

So hat Sandra noch vor einiger Zeit geredet. Mittlerweile ist alles anders. Für eine durchgehende Unterhaltung beim Frühstück sollte es wenigstens reichen. Sie hats nicht leicht, wissen Sie. Sie leidet sehr, sie hat ihr Leben lang penibel verhütet und nun kriegt sie kein Kind, obwohl erstens organisch alles in Ordnung ist, und sie sich zweitens nichts sehnlicher wünscht als ein Kind.

Am Beginn meiner Beziehung mit Herbert wollte ich von Kind und Ehe und allem Drum und Dran nichts wissen, wollte mich amüsieren mit Herbert, das

Leben genießen, wir hatten genug Geld, nahmen uns eine schöne Wohnung. Nach eineinhalb Jahren haben wir geheiratet, weil es für Herberts Dozentur passend schien. Herbert hat damals auch gesagt: Was ist, wenn wir gleich ein Kind bekommen? Eines wollte er immer, ich dagegen dachte an den dicken Bauch, den ich haben würde, an die Tatsache, daß ich dann zu Hause angenagelt wäre und all die Sachen, die einem im Alter zwischen zwanzig und dreißig immer wieder durch den Kopf gehen. Ganz langsam hab ich offenbar einen Umschwung mitgemacht. Ich merkte, wie ich mich bei Bekannten erkundigte, wie es ihnen erginge mit den Kindern, ob sie wohl jeden Abend zuhause sitzen müßten. Dabei waren mir die Heimabende schon lang nicht mehr so unangenehm wie zuletzt. Da hab ich noch immer nichts bemerkt an mir selber, hab mir nicht viel gedacht an dem Nachmittag, an dem ich mich dabei ertappte, daß ich stehen geblieben war im Rathausdurchgang und einem kleinen Buben oder einem Mädchen, in dem Alter kenn ich das nicht, zugeschaut habe, wie das Kind — es war Herbst — mit seinen kleinen Füßen auf verwelkte Blätter vom Ahornbaum im Park nebenan gestiegen ist, bei jedem neuen Blatt überrascht und beglückt innehielt, wenn es das Knacken der ersten welken Blätter seines Lebens hörte, sich immer wieder ein neues suchte, weil er oder sie es nicht fassen konnte, daß Spielzeug auf Bäumen wächst. Da ist mir plötzlich bewußt geworden, daß ich nie aus der Nähe erleben werde, wie ein Kind sich entwickelt. Bin nach Hause gegangen und hab Herbert davon erzählt. Insgeheim hab ich wohl erwartet, daß er wieder vom Kind, das er immer hatte haben wollen, zu reden begänne; hat er aber nicht. Ich hab den Kinderwunsch wieder vergessen, eine Zeit lang, dann ist er wieder gekommen. Herbert hatte zu der Zeit eine Affäre gehabt. Nach der Versöhnung haben wir beschlossen, nun das Kind zu bekommen. Wir haben uns beide gefreut wie die Schneekönige. Nur bin ich nicht schwanger geworden.

Sandra erklärte mir unaufgefordert mehreremale, daß ich es schon noch sehen würde. Wenn ich mich nicht um einen heirats- *und* zeugungsfähigen Mann umschaute, stünde ich in Bälde so da wie sie.

Das ist gut möglich. Nur frage ich mich, was ich dazu tun soll? Ich kann auch nichts machen, wenn meine Attraktivität eine solche ist, die Heiratswütige nicht eben anzieht.

Die haben Angst vor dir, hat Sandra festgestellt und möglicherweise nicht ganz unrecht gehabt.

Nur, was soll ich wirklich machen? Bei mir ist der Muttiwunsch nicht sehr ausgeprägt, insbesondere seit ich Sandra kenne, die mir allerhand erzählt hat über Untersuchungen und all die netten Sachen, die auf der Klinik mit einem gemacht werden können, wenn man vor dem Alleinsein mehr Angst hat als ich.

Sandra lernte bei einem von Herberts Männerabenden in ihrer gemeinsamen Wohnung einen kennen, der sowas wie Herberts bester Freund war. Das war der, den sie später im Kaffeehaus anjammerte. Ich sollte dir das alles nicht erzählen, hat sie gesagt und recht gehabt; hat ihm aber erzählt, daß sie Herbert nicht mehr versteht, daß Herbert sie nicht mehr versteht, daß etc.

Ich hab Sandra nach den Auftritten in der gynäkologischen Ambulanz und im Café Murauer hin und wieder im Gasthof Bergland gesehen. Wir haben einander angeschaut, aber nicht gegrüßt. Natürlich hab ich zu lauschen versucht.

Wenn einem eine potentielle *Figur* unterkommt, kann man nicht einfach weghören. Trotz des Aufwandes, den ich trieb, hörte ich nichts, was interessant genug wäre, um hier wiedergegeben zu werden, ich hätte zudem wohl kaum Sandras Einverständnis zur Veröffentlichung etwaiger spionierter Gesprächsfetzen bekommen. Ohne es wissen zu können, hab ich mir gedacht, daß der Mann in ihrer Begleitung nicht Herbert sein konnte. Wäre er es gewesen, so hätte kein Grund bestanden, die Hände, die die beiden auf dem Tisch ineinander gelegt hatten, auseinanderzufalten und ganz ruhig auf den Tisch zu legen, wenn jemand das Gastzimmer betrat.

Im Gasthof Ölberg auf dem Mittelgebirge oberhalb von Innsbruck gibt es in der Herrentoilette kein Waschbecken und keinen dazugehörigen Spiegel, in der danebengelegenen Damentoilette gibt es zwar beides, doch dort war schon eine Dame, die sich die Hände langwierigst wusch. Deshalb ging ich nach draußen in den Vorraum, wo ich Sandras Begleiter antraf, der sich gerade Reste ihres blutroten Lippenstiftes, der mit ihren flammenden Nägeln auch diesmal hervorragend harmonierte, von seiner stoppeligen Haut am Übergang zwischen Kiefer und Hals zu wischen versuchte. Sandra verwendet nur gute Lippenstifte; solche, die länger haften als meine.

Ich malte mir aus, daß sie sich den offenbar frei über seine Zeit verfügenden Herrn angelacht hatte: athletisch gebaut, ganz fesch eigentlich, mir persönlich etwas zu sehr auf der Seite der Kleiderbauer-Dressmen, aber mir konnte das schließlich egal sein. Ich malte mir aus, daß sie sich den Kleiderbauer-Mann aus purer Berechnung zugelegt hatte. Um mit ihm ins Bett zu steigen, und zwar genau an einem der Tage, die das Thermometer als besonders fruchtbar auswies.

Sie würde sich von dem zähledrigen Muskelprotz schwängern lassen und das auf diese unromantische Art gezeugte Kind ihrem derweil in der Uni schwitzenden Gatten unterjubeln. Je mehr ich darüber nachdachte, desto geschickter kam mir dieser Plan vor. Sie würde, erstens, endlich das Kind kriegen, das sie sich wünschte. Zweitens hätte sie die entbehrte Gewißheit, daß nicht nur ihr Gatte, sondern auch sie in der Lage dazu war, sich jemanden aufzureißen. (Letzteres vermutete ich damals bloß.) Drittens wäre die Ehe gefestigt, so ein Kind kittet selbst die zerrüttetsten Beziehungen, wird immer wieder gehofft. Viertens ersparte sie sich weiterführende Untersuchungen und die doch etwas demütigende Applikation der erst noch zu schleudernden Samen aus Herberts Hoden.

Ich weiß nicht, wie das bei Männern ist, könnte mir jedoch sehr gut vorstellen, daß es das Ego nicht grade beflügelt, wenn die kleinen Tierchen sich nicht als das erweisen, als was Aufklärungsfilme für Vierzehnjährige sie beschreiben: Eine Armada der Fruchtbarkeit, die sich in gewaltiger Zahl durch den engen, schlüpfrigen Kanal aufmacht, um die uneinnehmbar erscheinende Burg zu stürmen. Das Ergebnis dieser Aktion verleiht dem Obersten Kriegsherrn spätestens beim Vorzeigen des sich artgerecht geteilt habenden Zellkerns (durch die ortsübliche Glasscheibe auf der Frauenstation in einem der Krankenhäuser) einen Ego-Boost.

Aller Wahrscheinlichkeit nach, dachte ich mir, entwickelte Herbert mit der Zeit eine Aversion gegen seine Gattin, die ihn beim Zubettgehen mit ihrem wunderschön trainierten, flachen Bauch allabendlich gewissermaßen anklagte. Die sich wünschte, daß er ihr half, Cremes auf Bauch, Hüften, Brust und Oberschenkeln zu verreiben, damit auf der Haut infolge allzu großer Dehnung durch den sich unaufhörlich teilenden Zellkern im Inneren nicht die trotz Kinderwunsch gefürchteten Schwangerschaftsstreifen aufträten. Herbert sollte, anstatt sich zur Seite zu drehen und Müdigkeit vorzutäuschen, durch die nächtlichen Straßen Innsbrucks streifen und des Morgens um halb vier Sardellenringerl in Dosen aufstöbern, die neuerdings nur mehr in Glasbehältern zu haben sind, angeblich wegen der sich lösenden Metalle.

Natürlich weiß ich, daß an sich genug Leute auf der Welt sind, daß es doof ist, wenn ich auch noch unbedingt ein Kind will, aber andererseits, weshalb soll, bitteschön, gerade ich drauf verzichten? Klar, will ich ein Kind für mich, eins, das meines ist, das mir gehört, was sonst? Wen geht das was an?

Dies dürfte in etwa Sandras Argumentationslinie entsprochen haben. Genaueres wollte sie mir gegenüber dazu nicht angeben. Sie beharrte darauf, daß ich keine Ahnung hätte.

Was würde der eigentliche Vater des Kindes sagen? Es ist anzunehmen, daß er in erster Linie zufrieden wäre: Einigemale hätte er ihm nicht zustehende eheliche Freuden genossen. Käme es zu dem von Dr. Mauer als *Einschlagen* beschriebenen Vorgang, könnte er sich kurzfristig in Allmachtsphantasien ergehen. Hätte er von Sandra zu dem Zeitpunkt schon genug, könnte er sie einfach sitzen lassen mit dem Kind. Fände er sie hingegen immer noch reizvoll und begehrenswert, stünde ihm — gesetzt den Fall, daß sie nicht mehr allzu erpicht auf Zusammenkünfte wäre — sogar das Mittel der Erpressung zur Verfügung: Er könnte drohen, den trotz halblahmer Spermien überglücklichen Vater zu informieren. Damit wäre Sandra Schachmatt gesetzt, sie müßte ihm, ganz wie einem Wüstling aus dem neunzehnten Jahrhundert, zur Verfügung stehen, auch wenn sich der Zustand ihrer Ehe wieder gebessert hätte.

Solche Sachen gingen mir durch den Kopf, während ich so tat, als ob ich nur an meinem Reisfleisch (Café Bergland), meinem Rindfleischsalat (Gasthof Großer Gott) oder meiner Kalbsleber natur (Gasthof Ölberg) interessiert wäre.

Dieses Spiel wurde nach einer Weile etwas öd. Ich traf Sandra so oft in einem der Gasthäuser und Cafés dieser mickrigen Stadt, daß wir irgendwann dazu übergingen, einander zu grüßen, obwohl wir noch immer kein Wort gewechselt hatten. In Städten dieser Größenordnung kennt man nach zehn Jahren viele Menschen so, wie man das gemeinhin nur vom Leben auf dem Dorfe annimmt. In Innsbruck gibt es eine Reihe von Leuten, die ich seit Jahren bei bestimmten Konzerten treffe, in den Lokalen sind immer wieder dieselben: Wenn einmal ein Jahrgang endgültig zu Hause bleibt, findet er in einem der anstehenden Maturajahrgänge passenden Ersatz. Man geht auf der Straße und kann sich nicht mehr erinnern, ob man die oder den Entgegenkommende/n offiziell kennt oder nicht, wenn ja, ob man mit der betreffenden Person auf Grußfuß steht, oder ob die Bekanntschaft gerade wieder in jene Schrumpfform der diplomatischen Beziehungen, eine Ruhestellung übergetreten ist, in der man unbestimmt über die in Frage stehende Person hinwegschaut. Dementsprechend überkommt einen in dieser Stadt hin und wieder eine Art Klaustrophobie, man wünscht sich — das bestätigte Sandra —, daß per Knopfdruck andere Leute da wären, nicht gescheitere oder schönere, nur andere.

Im Frühling ging ich für einige Zeit aus Innsbruck weg, saß bei Freunden in Wien in der Wohnung und wollte dort einen Monat lang *Kultur* haben, um gestärkt und gelabt nach Innsbruck zurückzukehren. Der Kulturgenuß gestaltete sich ganz angenehm: Ich ging häufig ins Kino, einigemale ins Theater. *Othello* hätt ich gern gesehen, aber für sowas hab ich noch nie Karten bekommen. Um für so ein Stück, nein, eine Inszenierung muß man bei *Othello* sagen, Karten zu kriegen, müßte ich Hellseherin sein. Wochen im voraus müßte ich wissen, daß ich an einem beliebigen zukünftigen Spieltag des Burgtheaters Lust haben werde, ins Theater zu gehen. Leider verfüge ich über solche Fähigkeiten nicht.

Also ging ich anstatt ins Burgtheater in ein Stück von Joe Orton. Vor ein paar Jahren hatte mich der Film *Prick up Your Ears* auf diesen Dramatiker aufmerksam gemacht. Ich war neugierig auf *What the Butler Saw*. *Vienna's English Theatre* hatte noch zwei Karten zu vergeben. Eine eigenartige Atmosphäre allgemeiner Wichtigkeit verkleinerte den ohnehin nicht großen Theatersaal. Andrea und ich wußten nicht, wer sie alle waren, die sich hendlartig aufgeregt, nur eleganter, nach vorne und nach hinten beugten, um Bekannte zu begrüßen. Nach einer Schrecksekunde parierten die solcherart Bewillkommneten die überschäumende Freude mit Floskeln wie Na, so ein Zufall! Daß du auch da bist! Hahaha. Andrea beschlich das unangenehme Gefühl, daß das Stück schon begonnen habe. Daß der Zuschauerraum einbezogen sei. Ich hasse Regieeinfälle, flüsterte sie beinahe atemlos von dem Flügelgeschlage.

In der Pause erspähte ich einen Herrn, den auch ich kannte: Der damalige Verteidigungsminister Krünes und seine Gattin huldigten wie wir dem Kunstgenuß. Er grüßte unaufhörlich alle, die auch ihn grüßten. Während des allgemeinen Servus!-Grüß-dich! zischte mir Andrea erbost und leidend zu, daß sie diese Art von *Tür auf/Tür zu/Ha!-Schurke!*-Stücke auf den Tod nicht ausstehen kann. Sie befand sich mit ihrer Einschätzung der Darbietung nicht im Mainstream: Unterhaltsam, nicht wahr? Sehr humorvoll! So lautete der Tenor der Anwesenden. Die Schauspieler hatten nicht versucht, das Unmögliche zu erreichen: Bei dem Stück war wohl nichts zu retten. Der Film über Joe Orton war hervorragend gewesen, sein Stück elendiglich.

Warum ich mich daran erinnere, hat folgenden Grund: Ich ging auf den Naschmarkt einkaufen, schleppte immense Haufen Gemüse in die Wohnung meiner Freunde, Andrea und Thomas, die an diesem Abend ein kleines Abendessen zu geben gedachten. Packeselartig bewegte ich mich vom Naschmarkt das kurze Stück zu Fuß in Richtung Magdalenenstraße. Da blieb einer neben mir stehen und fragte mich, ob ich noch weit hätte. Er würde mich mitnehmen. Da ich mich schon in Sichtweite der Wohnung meiner Freunde befand, und mir zudem diese Art von Freundlichkeit ausgerechnet von Männern, die diese

Art von roten Autos fahren, nicht unbedingt geheuer war, lehnte ich dankend ab.

Am Abend, die Wohnung war gerammelt voll von Freunden meiner Freunde, läutete es, als niemand mehr erwartet wurde, noch einmal an der Tür. Thomas' Studienkollege, der gerade dabei war, in irgendeiner Firma Karriere zu machen, hatte sich zu später Stunde doch noch freimachen können. Von der Sekretärin, wie Andrea maliziös anmerkte. Er kam gegen Mitternacht auf das Fest. Wir wollen nicht lang herumreden, es war der Typ, der mich am Nachmittag gefragt hatte, ob er mich und meine Säcke mitnehmen solle.

Wir redeten über Gott und die Welt, unter anderem über *What the Butler Saw*. Andrea stellte fest, daß es sich bei der Inszenierung um die Antwort Englands auf die Löwinger-Bühne handle. Martin, so hieß Thomas' Freund, kannte eine der Darstellerinnen. Ihm gefiel Andreas und meine Abqualifizierung der Schreihälse auf der Bühne nicht. Er gehörte, wie ich in meiner treffsicheren Beurteilung x-beliebiger sofort zu erkennen imstande war, zu jener Kategorie von Leuten, denen *Künstler* egal in welcher Form etwas bedeuten. Sie kennen das sicher auch. Kaum kommt einer zur Tür herein, der zu Hause eine Staffelei stehen hat, und dieses Faktum ist einem oder mehreren der Anwesenden bekannt, so versuchen die Kunstliebhaber, sich über Malerei zu verbreiten; erbitten die sachkundige Meinung des Pinselbesitzers zu den Zeichnungen ihres Vierjährigen.

Das ist nicht nur bei der Malerei so. Schauspieler, i.e. berufsmäßig Verkleidete, eignen sich prächtig als Festaufputz. Sie sind bekannt, und man wärmt sich gratis an der Sonne der jeweiligen relativen Berühmtheit. Unvermeidlich sind Sätze wie *Die Frage kann nicht lauten, darf der Künstler das? Kunst muß alles dürfen. Wer Kunst macht,* — Sie kennen das Geseires wie ich.

Sie sitzen da, stellen durch die bereits beim Kauf exquisit zerknitterten Sakkos und Hosen, durch 52 nicht zusammenpassende Armreifen und — in besonders offensichtlichen Fällen — am Abend getragene Sonnenbrillen ihre künstlerische Botschaft aufdringlich zur Schau. Am liebsten gehen sie zu Vernissagen und Schauspielpremieren. Da fühlen sie sich so, daß ich Ihnen die abgeschmackte Wendung *wie ein Fisch im Wasser* nicht ersparen kann.

Für Martin war ich interessant, weil ich — wie gesagt — die Mitherausgeberin einer vorläufig weithin unbekannten Zeitung war. Deshalb verzieh er mir, daß ich die schauspielerische Leistung seiner Bekannten nicht zu würdigen wußte. Andrea hat ihm nicht gesagt, daß sie ebenfalls schreibt. In diesem Fall hätte sein Großmut zweifellos auch sie eingeschlossen.

Im allgemeinen rede ich mit Leuten wie Martin nicht viel. Ich komm mir da so lächerlich vor. Bei ihm machte ich eine Ausnahme, erstens weil ich ohnehin auf der Suche nach jemandem war, mit dem ich — wie es in Inseratentexten heißt — meine Freizeit verbringen könnte, und außerdem gefiel er mir ganz gut. Ich verachtete mich wegen meiner Inkonsequenz, aber da haben Sies, so bin ich.

Die Firma, bei der er soeben im Begriff war, unentbehrlich zu werden, hatte ihren Standort in der Nähe von Innsbruck. Das paßt gut, so treffen wir einander vielleicht wieder einmal, sagten wir beim Abschied.

Sandra lebte seit meiner Rückkehr zurückgezogen. Oder sie war gar nicht in Innsbruck. Auf alle Fälle traf ich sie nicht mehr bei meinen Aufenthalten in den Gasthäusern der Peripherie. Ihrem Händchenhalter bin ich auf der Straße begegnet. Mit dem stand ich nicht auf Grußfuß. Offenbar hatte sie sich nicht von ihrem Herbert, den ich immer noch nicht kannte, getrennt, war nicht mit dem Herumpoussierer in ein fernes Land oder zumindest eine solche Stadt aufgebrochen, um sich dort der Auskostung ewigen Glücks zu widmen. Der Ehrlichkeit halber muß ich gestehen, daß mir zu dem Zeitpunkt egal gewesen wäre, wenn sie sich in Luft aufgelöst hätte.

Ich war — für eine auf die Dreißigermarke zugehende Frau, die sich dem endgültigen Aus ihrer Jugend nähert — ziemlich in Aufruhr: Ich wußte ziemlich lang nicht, ob ich mich nun in Martin verliebt hatte oder nicht. Zusammengerechnet dachte ich wohl eine geschlagene Woche darüber nach. Ich war konfuser als sonst und hatte das Bedürfnis, mich öfter als normal zu duschen, mich zu schminken und nicht gerade an den Tagen, an denen ich mit Martin ausging, in Jeans und Sweatshirt herumzulaufen, wie ich das sonst häufig tat. Sogar die Nägel lackierte ich. Das gab mir zu denken. Dann gab ich ihm — und das tat ich sonst nie — eine Geschichte von mir zu lesen:

Photos

Hinter den Scheiben einer Verkaufsausstellung, wie bei einem Autogeschäft, alles aus Glas, an der Ecke zweier Straßen, da stand sie drinnen, nackt bis auf die Körperbehaarung. Die hatte man ihr oder ihnen gelassen. Man machte Photos von ihr. Viele Photos, oft die gleichen Posen, die kamen an. Es ist nicht sicher, daß es immer wieder dieselbe Frau war. Es können auch zehn oder zwanzig gewesen sein. Sie sind hinter dieser Glasscheibe gestanden, haben sich kaum erkennbar nach vorne oder nach hinten gebeugt, ein Bein ein bißchen vor, das andere bitte etwas weiter wegspreizen, ja so, danke. Das ist gut, so bleiben. Sie hatte sich für mich unmerklich bewegt, der Photograph war begeistert, genau wie es sein soll. Zuerst verstand ich nicht, das heißt, ich bin immer noch nicht sicher, was ich da gesehen habe. Ich meine, gesehen habe ich eine nackte oder viele verschiedene nackte Frauen, die alle gleich aussahen, im Gesicht zumindest, auch sonst die Figur. Wenn es mehr als eine war, dann auffällig ähnliche Figuren, sie entsprachen alle dem Schönheitsideal. Ich war ganz platt, die hatten nicht einmal eine kleine Narbe am Knie, aus der Kindheit zum Beispiel, hatten sich nie das Knie aufgeschlagen, als sie noch nicht wußten, daß sie einmal mit ihrer Narbenlosigkeit Geld verdienen würden. Sie wurden photographiert. Ein Mann photographierte sie, Männer machten die richtige Beleuchtung. Es handelte sich trotzdem nicht um Photos, auf die später Männer spritzen, Klopapierphotos, sondern um andere. Photographische Anleitungen zur Optimierung der Frau auf der Straße, hab ich mir irgendwann gedacht. Ich hab nicht immer sehen können, was genau das Ziel des Photographen war. Die Scheibe der Auslage, hinter der sich sonst wohl Cabrios und Limousinen von ihrer glänzendsten Seite zeigten, spiegelte, und ich sah nicht alles. Ich hab eine generelle Sehschwäche, kommt wahrscheinlich vom verbotenen Lesen unter der Bettdecke mit der Taschenlampe. Bin mir nicht mehr sicher, ob es verboten war zu lesen, ich hätte sicher schlafen sollen, aber wenn sie gewußt hätten, daß ich sowieso lese, hätten sie mich gelassen, damit ich mir das Augenlicht nicht verderbe. Ich hab den Verdacht, daß ich gern unter der Bettdecke gelesen habe, weil ich dort allein war. Im Zimmer schliefen noch meine Geschwister. Der Raum, der wirklich mir zur Verfügung stand, war die Finsternis unter der Bettdecke. Privatsphäre. Als Kind hat man den Raum unter der Decke. Auch sonst seh ich nicht immer gut. Mangelnde Aufmerksamkeit hat man mir attestiert. Mag stimmen. Bei den Nackten war ich aufmerksam, sah dann doch nicht immer, was genau vorging. In langen Jahren ist mir aufgefallen, daß ich besonders Plakate und Schilder nicht sehe. Niemals finde ich, was ich suche, auf Anhieb. Immer muß ich zweimal jede Straße entlang gehen, weil ich mindestens einmal am Geschäftsschild vorbeimarschiere.

Die Frauen hinter der Glasscheibe wurden von drinnen und von draußen betrachtet, sie wirkten wie belebte Schaufensterpuppen. Die Hand auf den Po bitte und schon war sie dort. Die Finger spreizen ja, nicht die Beine, locker in Beckenbreite lassen. Ja danke, so ists ideal. Den Arm heben, ja, halt, der Nagellack muß runter, dieses Rot, das geht nicht. Es ging um Farben, soviel hatte ich begriffen, eine der Frauen, oder war es immer die gleiche, ich kann mich nicht entscheiden, immer noch nicht, mußte andere Schuhe anziehen. Braun bei Schuhen geht nur, wenn man angezogen ist, nackt müssen Schuhe andere Farben haben, weiß und rot wird am häufigsten gewählt. Schwarz nehmen die Amateurinnen. Schwarz ist nur bei Stiefeln erlaubt, die müssen sogar schwarz sein, am ehesten geht bei Stiefeln noch Rot. Weiß wäre lächerlich, der Eindruck der Verruchtheit würde ins Mädchenhafte abgleiten, Mädchen tragen keine Stiefel. Vollblutfrauen, ganz starke, können sich Stiefel leisten. Keine der Frauen hinter der Scheibe hat Stiefel getragen, immer wieder Stöckelschuhe, sogenannte Pumps. Der Photograph ließ sie immer wieder metalliséglänzend-blaue Pumps anziehen. Rot, sagte er, sei zu ordinär für seine Zwecke. Rot ist was für Dilettanten. Nicht bei der angezogenen Frau, da sind rote Schuhe oft genau das, was auch ihm vorschwebt. Aber nicht bei Nackten und schon gar nicht bei dem, was er hier vorhat. Die Frauen hatten alle kastanienbraune Haare, in Kinnhöhe gerade rundherumgeschnitten, Stirnfransen bis haarscharf über den Augenbrauen, sanft nach innen geföhnt. Insgesamt wenig bis gar nicht geschminkt, nur die Augenbrauen waren gefärbt, schwarz, relativ breit. Sie war sehr hübsch, oder sie waren sehr hübsch; wobei der Eindruck der Hübschheit bei der Annahme, daß es zehn Frauen waren, vom Hübschen ins Maschinell-Gefertigte (trotz der Natürlichkeit des Gesichts) changierte. Es war nicht unangenehm, die Frauen anzuschauen, sie hatten die Augen nicht halb geschlossen, die Zunge nicht zwischen den Zähnen auf den Lippen, hatten nicht diesen Gesichtsausdruck, der den Wichsern Begierde und Verlangen nach Angespritzt-werden zu signalisieren scheint. Sie schauten alle aus wie durchschnittlich erfolgreiche Frauen, selbstbewußt genug, den Leuten ins Gesicht zu schauen, egal ob an- oder ausgezogen. Sie hatten schöne große braune Augen, passend zum kastanienbraunen Haar. Trotzdem wurde nicht ihr Gesicht photographiert. Immer wieder kam eine neue und hatte sich hinzustellen. Die Lampen wurden eingerichtet und dann gabs ein paar Anweisungen durch den Photographen und ein bißchen auf die Arme geachtet und schon wieder weg. Ich hatte den Eindruck, daß alle zwei, drei Minuten eine herauskam, die sich von der vorigen wieder nur durch die Farbe der Schamhaare und der Achselhaare unterschied. Gerade war eine dagewesen, die hatte Lila getragen, die hatte es nicht wie die anderen von vorne gezeigt, sondern von hinten. Sie war die erste, die nicht normal dagestanden ist, hatte sich nach vor gebeugt: mit dem Rücken zu mir und zum Photographen, die Beine etwas weiter gegrätscht. Man sah all die lila gekringelten Haare von hinten. Zuvor waren sie alle ganz normal dagestanden, fluoreszierend grüne Buschen wechselten mit flaschengrünen, preußischblauen, kobalt- und indigoblauen, mit rosaroten, karmin- und zinnoberroten. Die Farben so intensiv wie bei Kunsthaar, jeweils passend zu den metallischblauen Schuhen. Viele verschiedene Nuancen, bei manchen meinte man zu riechen: Senf, Vanille- und Zimtstangen, Himbeeren, Moos, Waldmeister. Unter den Achseln zeigten sie oft die gleichen Farben, ab und zu Kontraste. Am auffälligsten war die mit Waldmeisterscham und Himbeer unter den Achseln. Eine andere hatte Senf gewählt, der Photograph schimpfte sie wegen der Schuhe, sie hatte sie auf die Achselfärbung abgestimmt, er meinte, sie müßten immer mit der Scham gehen, Schuhe sind auf die Scham abzustimmen, müßten metalliséblau, könnten nicht okkerbraun sein, wenn die Scham waldmeistergrün ist, das wäre bei Ocker die Hölle. Da müßte sie wieder schwarze Schuhe tragen, aber Schwarz kommt nicht vor, dafür sorge ich, brüllte er. Das war das einzige Mal, daß er laut wurde. Nicht so, nicht bei mir, das sei nun doch wohl klar, sie wurde wieder weggeschickt ohne Photo, nicht ein einziges. Sie hatte ihn fragen wollen, ob sie nur für sich selber eins haben könne, traute sich aber nicht mehr zu fragen. Er mache keine schlechten Photos, egal für wen, hatte er schon gebrüllt, bevor sie noch um Gnade für den Achselsenf bitten konnte. Sie weinte nicht, kam gleich wieder, diesmal noch gewagter gefärbt. Wie viele kleine Fliesen, nur dreieckig, reihte sich Orange an Zitronengelb und Ultramarin. Die Fugen dazwischen füllte Umbra. Eine Unfarbe, wie der Photograph sagte, als Fuge wunderbar. Von ihr wurden nicht nur die obligate Vorderansicht und die schon gehabte Rückansicht, sondern auch noch anderes geknipst. Auf den Boden legen, der so schwarz war, wie die Nächte nur im Wald finster sind. Die Beleuchter hatten ihre Probleme, doch dann ging es glatt, die Scham sah aus wie ein Teppich aus Südamerika, war beleuchtet, daß die einzelnen Kringel zur Geltung kamen. Jaaah, das ist gut, sehr gut sogar, ein bißchen mehr spreizen die Beine.

    Wenn die Farben nicht gewesen wären, hätte das ganze an die Abspritzblätter erinnert, aber diese Farben waren einfach wunderbar.

Der Höhepunkt wurde erreicht, als drei auf einmal kamen, es mußten also mindestens drei sein, die eine links mit elfenbeinfarbener, die rechts mit silberner und die in der Mitte mit goldener Scham. Die Beleuchter vergaßen aufs Beleuchten und der Photograph knipste nicht. Er gab wie die anderen keinen Laut von sich, hob die Hände, begann zu klatschen, tap tap tap zuerst, schließlich patschte er die Hände ineinander, und die Beleuchter johlten und schrien. Ich stand vor der Scheibe, ganz aufgeregt. Die drei Kastanienbraunen lachten, zeigten ungefragt, was zu sehen war. Der Photograph ließ sie machen. Sie wußten, was er wollte, verstanden ihn, er knipste und knipste, mir taten schon die Füße weh. Dann schrie er, daß alles in bester Ordnung sei, nur noch ein paar Photos. Dann gingen alle Lampen aus. Ich sah nur mehr mich selber in der Scheibe.

ÜBER DIE GESCHICHTE redeten Martin und ich kurz am Telephon. Sehr eigen sei sie, ob sich jemand bereiterklärt habe, sie zu drucken, wollte er wissen.

Das wird schon werden, irgendwas ist an der Geschichte dran, obwohl ich so Frauenzeug nicht sonderlich — Ich versteh da nie so richtig, worum es eigentlich geht, aber schließlich bist du von uns beiden der Künstler.

Trotzdem er *Frauenzeug* nicht leiden konnte, dachte Martin offenbar darüber nach, ob er mich erstrebenswert fand. Manchmal rief er zweimal in der Woche an, dann ließ er wieder zwei Wochen nichts von sich hören. Wäre ich nicht als Mensch, sondern als

Ferkel zur Welt gekommen, hätt ich in dieser Zeit idealen Bauchspeck produziert. Ich konnte nämlich tagelang nichts essen, das hätte die mageren roten Streifen abgegeben, dann wieder aß ich alles auf, was mir in die Quere kam. Wenn ich sage *alles*, dann meine ich alles. Ich bin nämlich nicht so wie Frauen von Sandras Art, die eine halbe Kartoffel, ein Miniatur-Schnitzerl und zwei Blätter Frisé zu sich nehmen und sich im Freundeskreis, versteht sich, demonstrativ-verstohlen den Gürtel und den Knopf der Hose lockern, weil sie sich so schrecklich angegessen haben.

Nein, für den Nachtisch ist leider kein Platz mehr. Es ist zu schad, schaut so gut aus, das Rhabarberkompott, aber ich hab am Nachmittag schon einen Zwetschkenkuchen genascht, ein so großes Stück.

Dabei heben sie die schönen Hände und deuten die Größe eines mittleren Fußabstreifers an. Wie auch immer, ich aß tatsächlich viel, das hätte die weißen Streifen, die guter Bauchspeck auch haben muß, abgegeben. Offenbar hat diese merkwürdige Form der Diät meine äußere Erscheinung nicht in dem Maß verändert, wie ich fürchtete. Martin erkannte mich ohne Probleme wieder und schlug nicht schockiert die Hände über dem Kopf zusammen, weil ihm nun plötzlich bewußt geworden wäre, daß ich zu dick, zu dünn, zu klein, zu groß, mit zuviel oder zuwenig Busen behaftet oder nur eigenartig oder gar schlecht proportioniert wäre. Sie meinen, das kommt nicht vor, wenn man nicht wirklich zu- oder abgenommen hat? Da täuschen Sie sich gewaltig. Über die Sachen kann man bei Albert Drach nachlesen, der glaubte beinahe täglich, die schönste Frau der Welt oder wenigstens von Wien und Umgebung kennengelernt zu haben, um am zweiten Tag der Bekanntschaft feststellen zu müssen, daß die Waden vielleicht etwas zu stämmig waren. Ich komm mir sogar selber manchmal größer vor, als ich eigentlich bin; dann denke ich wieder, ich hätte zugenommen, was sich bei der Anprobe des Waageersatzes, meiner engsten Hose, zumindest hin und wieder schlichtweg als Irrtum herausstellt.

Martin schien sich nach drei Monaten bezüglich der Frage, ob er sich in mich verliebt hätte, soweit entschieden zu haben, daß er nun pünktlich jeden Dienstag und Freitag anrief. Inzwischen hatte ich Sandra einigemale allein auf der Straße erspäht, zumindest hab ich keinen Mann wahrgenommen, aber — wie gesagt — ich war eher auf mich selber konzentriert und beachtete die Hauptfigur dieser sich unerwartet in die Länge ziehenden Geschichte nicht, was zu gestehen mich schmerzt: Wie soll denn eine Geschichte von mir, gar ein Roman, sich zu einer Perle entwickeln, wenn mich private Kinkerlitzchen, die noch nicht einmal existieren, nur im Entstehen begriffen sind, aus jeder noch so geringfügigen Kurve werfen? Stellen Sie sich vor, wenn ich mich jetzt wieder verliebte, käme ich mit dieser Geschichte wieder nicht voran. Ich geh vorsichtshalber nicht aus dem Haus, der Gasmann ist um die fünfzig, kleiner als ich und hat einen beachtlichen Schmerbauch, der dürfte für die ewigen Werte, die ein gutes Buch nun einmal enthalten soll, keine Gefahr sein.

Ich war bei Martin. Er hatte sich also entschieden, wir redeten nächtelang über alles mögliche, diskutierten heftig, wobei ich mir das Lob aussprechen muß, daß es mir erstmals in meinem Leben gelungen ist, Diskussionen *weiblich* zu gestalten. Martin behauptete zum Beispiel, daß Politik für Kunst, wenn es sich bei letzterer um solche handle, automatisch irrelevant sei. Nichts damit zu tun habe.

Politik ist irrelevant für die Kunst. Kunst kann, wenn die Politik will, für dieselbe relevant werden.

Ich gab ausnahmsweise nicht bekannt, daß mir diese *Kunst*-Gespräche suspekt sind. Ich sagte auch nicht, daß es nur Kategorien wie plus- oder minus-politisch gebe, redete nicht über das von Politik und Kunst wechselseitig beeinflußte geistige Klima, sondern schwenkte auf die ihm durch seine vormalige Freundin nahegebrachte Kunstform, die Architektur, um. Auch dieses Metier sei politisch relevant.

Nein, also da kenn ich mich besser aus als du, da hab ich viel dazugelernt, und die Architektur ist absolut unpolitisch. In der Architektur geht es um die Funktionalität, um nichts sonst, andernfalls handelt es sich nicht um Kunst, sondern um bloßes — Bauen.

Schickt man den, der solches äußert, nicht am besten allein nach Hause? Das hätte ich getan, wenn mich Martins Attraktivität nicht zu weiblicher Diskussionsführung befähigt hätte.

Martin sprach abgesehen vom politischen Aspekt der Architektur nicht gern mit mir über dieses Thema: seine Verflossene repräsentierte die Architektur — wie Pallas Athene die Weisheit. Zu dem Zeitpunkt hatte er mich nur über meine unmittelbare Vorgängerin aufgeklärt, die anderen listeten wir später auf. Alles respektable Berufe: Wie gesagt, eine Architektin, eine Juristin, mit der er es schwierig fand, sich über Schöngeistiges zu unterhalten, darauf folgte die Maskenbildnerin eines Miniaturtheaters, eine Gedichte schreibende Lehrerin, und aus der ersten Freundin ist eine Assistenzärztin an der Innsbrucker Klinik geworden.

Die feminine Gesprächsführung bestand im wesentlichen darin, daß ich ihn dazu brachte, mir nachzuerzählen, ohne Quellenangabe versteht sich, was seine Architekten-Freundin ihm eingetrichtert hatte, und dessen er sich möglicherweise nicht durchgängig richtig erinnerte. Ab und zu nickte ich Ja, genau! sagend, sodaß er am Schluß das Gefühl haben konnte, mit mir eine harte Diskussion geführt zu haben, daß ich ihm intellektuell gewachsen sei, was als Pluspunkt zu werten war. Ein weiterer Pluspunkt dürfte damit verbucht worden sein, daß ich mich einmal nicht als nörgelnd und besserwissend erwiesen hatte, wie Frauen bezeichnet werden, wenn sie etwas mit Nachdruck feststellen.

An sich könnte ich die Sache kurz machen und sagen, daß Martin *mein Freund* wurde, wenn erstens das *Freundwerden* so einfach gewesen wäre, und wenn zweitens damit beschrieben wäre, was das bedeutet.

Wir saßen im Toscana, der vielleicht am stärksten frequentierten Rauchküche Innsbrucks. An sich ist dieses Lokal wunderbar, gemütlich mit sofaartigen Sitzgelegenheiten und Nähmaschinen als Tischen; daß die Wirte sich allerdings bis heute nicht entschließen konnten, eine Belüftungsanlage, die diesen Namen verdient, zu installieren, bedauerte ich nach diesem Abend ausnahmsweise nicht nur wegen der üblichen Kopfschmerzen am nächsten Morgen: Ich hatte mich für den Abend herausgeputzt, hatte die Lider mit drei verschiedenen Farben bemalt: Rot an den Innenrändern, ein Punkt Weiß in der Mitte und außen Grün. Rot und Grün mischten sich an der

Hinterseite der Lider zu einer Art glitzrigem Grau. Die Wimpern waren getuscht, nicht nur an der Unterseite, ich hatte mir die Mühe gemacht, sie rundherum einzuschwärzen.

Ich bin schön geschminkt, sagte ich mir vor dem Spiegel. Wenn du die Brille aufsetzt, sieht man die Malerei nur halb so gut, also rein mit den Linsen.

Ich konnte mir schmeicheln, einen recht erhebenden Anblick zu bieten, was mir durch Martin, der nicht zu jenen modernen Männern gehört, die nur über ihre Leiche ein Wort über die Toilette der Dame in ihrer Begleitung verlören, bestätigt wurde. Wir tranken zwei Viertel Wein. Es ging gegen halb zwölf, wir ahnten beide, daß nun etwas geschehen mußte, weil sonst diese zwar prickelnde, aber auf die Dauer auch abmattende Ungewißheit unser beider Gleichgewicht nicht zuträglich war. Ich wollte um keinen Preis ein allzu penetrantes Signal setzen. Wieso denn nicht, werden Sie fragen. Sandra hat mich das auch gefragt. Ich kann nur sagen, daß ich mir mit diesbezüglichen Freiheiten bereits einmal alles verscherzt habe. In Illustrierten liest man, daß Männer gerne hätten, wenn auch einmal die Frauen die Initiative ergriffen. Ich schätze das mehr als Vergewaltigungsphantasie der Männer ein, die ungefähr ebenso ernst zu nehmen sein dürfte wie die der Frauen.

Martin saß neben mir, *unterhielt* sich mit mir. Wir hörten einander nur halb zu, weil wir darüber nachdachten, wie es anzustellen wäre, einander, ohne irgendwas zu sagen, in die Arme fallen zu können.

Durch den die Atemluft ersetzenden Rauch im Toscana begannen meine Augen zu tränen. Ich konnte nicht darüberreiben, meine doppeltgetuschten Wimpern standen dem im Wege. Ich begehrte aufzubrechen.

Während ich — wieder zu Hause — die Linsen herausnahm, begann ich zu weinen, was bei der Entfernung der Maskerade half. Martin war nach Hause gefahren. Er hatte meinen dringlichen Wunsch aufzubrechen als Flucht interpretiert.

In der darauffolgenden Woche produzierte ich wieder einen mageren Streifen Bauchspeck. Martin meldete sich nicht. Ich traute mich nicht, ihn anzurufen. Für Stunden konnte ich mir einreden, er wäre sowieso nichts für mich gewesen, viel zu, zu — Ich weiß nicht mehr, was die Anschuldigungen waren. Sie können nicht sehr gravierend gewesen sein, da ich sie völlig vergessen habe. Sandra erklärt mir hin und wieder, daß ich damals recht gehabt hätte, Martin sei arrogant, egoistisch, gedankenlos, gar nicht so gescheit, wie er zu sein vorgegeben habe, und, was dem Faß den Boden ausschlug: Er war frauenfeindlich.

Ich denke glücklicherweise nicht mehr täglich darüber nach, ob sie recht hat. Als Martin sich wieder meldete, bekam ich vor Schreck und Freude weiche Knie, was sich für ihn darin äußerte, daß ich nur mit Ja und Nein antwortete. Er fragte mich, ob ich an diesem Abend Zeit hätte, mit ihm ein Bier trinken zu gehen. Ich sagte Ja. Er fragte, ob ich das auch wirklich wolle, denn ich müßte nicht, er würde das verstehen, er möchte nur mit mir ein Bier trinken gehen, wenn ich tatsächlich wolle. Wie es meine Art ist, antwortete ich in einem Ton, den er später als schnippisch bezeichnete, daß ich doch schon zugesagt hätte. Die Folge war, daß er mich gleich abholen kam, ich hatte keine Zeit mehr, mich aufzumascherln. Die Haare waren halb fettig, der Nagellack halb abgeblättert. Bei der Betrachtung meiner Person im Spiegel stellte ich weitere Mängel fest, die in erster Linie meine mangelnde Körpergröße und den wenig klassischen Schnitt meines Gesichts betrafen. Martin schien nichts davon wahrzunehmen. Sie wissen, das ist bei Männern so, die sehen nicht, daß eine Augenbraue anders wächst als die andere, merken nicht, daß sich die Haare spalten. An sich wäre das ein sympathischer Zug des männlichen Geschlechts, denn Frauen erspähen sowas in einer Sekunde und lächeln triumphierend. Paradox daran ist, daß Männer Frauen nach deren Äußerem aussuchen, *obwohl* sie nicht sehen, was sichtbar ist. Das erinnert mich an die Geschichte, die man mir über Katzen erzählt hat: Wenn Katzen zum Beispiel den Schrank, der sich abgesehen vom Computer im Moment mir gegenüber befindet, anschauen, nehmen sie nicht das wahr, was ich zu sehen gezwungen bin: einen ekelhaft roten Einbauschrank aus dem Hause Wetscher, dessen Monumentalität ich mit Plakaten zu kaschieren trachte, was mir laut Sandra nicht gelingt. Übrigens will ich natürlich nicht wegen Kreditschädigung von der Firma Wetscher geklagt werden, weswegen ich eilig anfügen muß, daß erstens die widerliche Röte desselben nicht aus dem Tiroler Möbelhaus stammt, sondern mühevoll von der Vorbesitzerin über das Eichenholz — oder Furnier — gepinselt wurde. Dann bleibt noch die Form: Ich denke, wenn man Einbauschränke mag, dann ist der mir gegenüber befindliche wunderschön. Ich hab sie nicht so gern, weswegen mein ästhetisches Empfinden bei genauerer Betrachtung des in Frage stehenden Objekts rebelliert.

Was ich eigentlich sagen wollte: Männer schauen Frauen mit Katzenaugen an und treffen ihre Wahl. Sie reagieren auf — wie ich meine — allzu ordinäre Zeichen, zum Beispiel einen Ausschnitt, der die Brust beinahe völlig enthüllt, auf einen Schlitz im Rock, der bis zum Oberschenkel reicht und dergleichen, wie Katzen auf Baldrian. Martin war später an dem Abend noch in anderer Hinsicht wie eine Katze, doch der Reihe nach.

Ich raste fleischfliegenartig in meinem Zimmer herum, riß die Türen des oben vorgestellten Einbauschranks auf, riß Blusen, Röcke und Hosen heraus, versuchte zu entscheiden, was mir am besten stünde, um dann erst recht in der alten Jean und dem Sweat-Shirt, das ich schon beim Frühstück mit ein bißchen Dotter bekleckert hatte, erwischt zu werden. Meine Konfusion kulminierte, als Martin, der wie ich nicht dieser postmodernen Begrüßungsküssergilde angehört, mich zuerst auf die Wange küßte und dann noch halb auf den Mund, wohl weil die andere Wange zu weit weg war. Ich war in einer Stimmung, als ob mir jemand mitgeteilt hätte, daß ich erstens im Lotto gewonnen hätte und zweitens ein Leben nicht nur in Saus und Braus, sondern auch in nicht enden werdendem Glück zubringen würde. Sie wissen, wie das ist. Ich hatte stets angenommen, daß Gefühle dieser Art mit spätestens fünfundzwanzig zu schmalzig-pathetischen Jugenderinnerungen werden. Sandra lachte mich aus, als ich ihr schilderte, wie ich mir das Erwachsenenleben vorstellte. Sie hat sich immer wieder einmal in einen verliebt, so wie sich der damals ihr gehörige Herbert immer wieder in Frauen verliebte. Jedesmal wieder mit all dem unglaublichen Kitsch, den man der Pubertät zuschreiben möchte, weil es peinlich ist, immer wieder gleich doof zu reagieren, weil immer wieder auf die himmelstürmende Verliebtheit die Frage folgt, was es denn gewesen sei, das diese Gefühle in einem ausgelöst hat. Herbert war natürlich noch blöder als sie, keine Frage.

Er hat sich bei jeder kleinen Verliebtheit gegrämt, darüber nachgedacht, was er alles tun würde, wenn er sich nicht schon gebunden hätte. Jede kleine Liaison und all die anderen sehnsüchtigen Schmachtereien wurden zur Liebe des Lebens hochstilisiert. Er hat sich nie vorstellen können, daß es mit der schönen Sommer-Semester-Studentin in der ersten Reihe dasselbe wäre wie mit der ihr vorangegangenen Winter-Semester-Studentin. Das Lustigste dran war, ich meine besonders lustig hab ich das nicht gefunden, aber witzig war, daß die Kandidatinnen mir ähnlich waren, alle eher groß, schlank, grobknochig, sogar die Frisur.

Als sie mir das erzählte, mußte ich wieder an Katzen und meinen Wetscher-Schrank denken. Herbert hatte im übrigen nicht mit allen Kandidatinnen das, was man auf gut Deutsch ein *Panscherl* nennt.

Er hätte sie gern gehabt, was einerseits so war, als ob er die Panscherl gehabt hätte, und andererseits doch wieder nicht. Wenn er mit allen was gehabt hätte, wär ich ihm davongelaufen, so bin ich geblieben. Hin und wieder vermittelte er mir das Gefühl, daß er mich haßte, weil er nicht so leben konnte, wie er eigentlich wollte. Weil ich ihm im Weg stand zu seinem Glück. Wenn er jemals etwas gesagt hätte, hätte er sich ähnlich pathetisch ausgedrückt. Ich hätte mich verdünnisieren sollen. Wenn er in diese Stimmungen kam, wenn er wieder eine Traumfrau hatte, habe ich das gespürt. Sofort. Da habe ich ihn gehaßt. Er hat nie etwas gesagt, ich habe mich selber schelten müssen, damit ich seine Schwankungen nicht zu wichtig nehme. Ich hab manchmal die Flöhe husten gehört, wofür ich mich in der Folge selber haßte. Und er hat sich für einen Meister der Diskretion gehalten. Ich habe mir oft überlegt, ob ich weggehen soll, ausziehen, weil es mir nicht gefallen hat, wenn er aus reiner Bequemlichkeit bei mir geblieben ist, in Wirklichkeit lieber durch die Lokale gestromert wäre auf der Suche nach *ihr* oder irgendeiner. Hin und wieder wär ihm irgendeine lieber gewesen als ich. Mittelfristig hab ich sie ausgestochen. Bis zum Ende zumindest.

Ich hab im Auge behalten, daß eine Beziehung mit dem neuen jungen Gott nach ein paar Monaten im besten Fall dort ankommen würde, wo ich mit Herbert bereits war. Das hat mich die sogenannte eheliche Treue bewahren lassen, bis die Sache —, aber das weißt du ja.

Ich weiß es, Sie noch nicht, deshalb fahre ich am besten mit der Martin-Geschichte fort.

Nach Martins halbem Kuß auf meinen Mund war ich so perplex, daß ich sogar vergaß, den Dotter von meinem Sweat-Shirt zu entfernen und — wie ich war — mit ihm ins Gasthaus ging. Wir bestellten Hefeweißbier, tranken auf das gegenseitige Wohl, das, soviel war mittlerweile klar geworden, ein bis auf weiteres, d.h. zumindest bis zum nächsten Morgen gemeinsames werden sollte. Martin begnügte sich nicht mit der de-facto-Sicherheit bezüglich der zu erarbeitenden Gemeinsamkeit, faßte sich ein Herz und fing an herumzustottern. Währenddessen wurde die zusammenfallende und dann längst zusammengefallene Schaumkrone des Weißbiers eingehendster Betrachtung unterzogen, das Bierfilzl, das eigentlich ein weicher Karton ist, mit den Fingern zerrieben und schlußendlich wurde festgestellt, daß wir beide aufeinander tatsächlich die selben Absichten hatten. Man stand nicht an, auch Ängste, die dieses Unterfangen in uns beiden auslösten, zu ventilieren, beschloß jedoch, so gefaßt als möglich an die Sache heranzugehen. Damit waren wir vom Pathos wieder auf einen etwas höheren Ironiepegel gekommen, der uns sichtlich wohltat. Wir ließen endlich die Biergläser los, ließen unsere Blicke durchs Lokal streifen, lächelten etwas verlegen, wenn beim Schwenk über die anderen Gäste das Gesicht der prospektiven Hälfte der soeben besiegelten Risikogemeinschaft gestreift wurde. Wir bestellten noch ein Bier, man konnte schließlich nicht um neun nach Hause gehen, tranken das schneller als das vorige und zahlten um fünf vor zehn.

Vor dem Treibhaus stand ein junges, engumschlungenes Pärchen, heftig schmusend. Ich kriegte sofort wieder dieses Kieksen in der Stimme, mußte mich räuspern, ohne die Absicht zu haben, irgendetwas zu sagen. Ich wünschte mir, daß der Weg länger wäre. Doch Martin hatte sein Auto, wie es in Filmen heißt, gleich um die Ecke geparkt. Ungefähr zehn Meter davor schaffte er es irgendwie, meine besonders lässig in die Hosentasche gesteckte Hand heraus- und in seine zu nehmen. Mir wurde zunehmend schwurbeliger.

Die Architektin war schon seit geraumer Zeit ausgezogen, somit schien klar, wohin wir fahren würden. Mir wäre meine eigene Wohnung lieber gewesen, schließlich übernachtet der Mensch am liebsten im eigenen Bett. Andererseits hätte ich auch gern gewußt, wie er wohnt, hätte es vorgezogen, wenn wir dahin gefahren wären. Ich widerspreche mir, aber genau so war das: Ich hab in jeder Sekunde das Gegenteil vom in der vorherigen Sekunde Gewünschten erhofft. Auf alle Fälle hat er uns in seinem penetrant roten Auto zu meiner Wohnung hin befördert. Es war immens peinlich, so zu sitzen, geradeaus zu schauen, dann den Ruck, der durchs Auto geht, wenn es abgestellt noch bis zur Bordsteinkante nach vorne rollt, verstärkt zu spüren. Ich fühlte mich wie ein ekliger, zitternder Pudding. Ich war nicht geduscht, roch aller Wahrscheinlichkeit nach zwei Tage altem Schweiß. Mein Gott! Da merkte ich, daß er zu mir herüber sah, mich fast widerwärtig gönnerhaft anlächelte, woraufhin ich auch lächelte. Das Gönnerhafte dürfte in meinem Fall nicht besonders zur Geltung gekommen sein. Meine Zähne waren nahe dran zu klappern, als ich sah, wie er den Schlüssel entschlossen abzog, sich anschickte, die Tür aufzumachen, kurz innehielt, zu mir herüber schaute, fragte: Gehen wir hinauf? In dem Moment muß ich mir etwas in der Art von Sei ein Mann! gesagt haben, denn ich antwortete mit einem lauten und deutlichen Ja!

Auch hier kann noch nicht gesagt werden: Was weiter passierte, können Sie sich, verehrter Leser, ebenso verehrte Leserin, selbst viel besser ausmalen, denn das eigentliche wird, darauf können Sie Gift nehmen, auch hier nicht geschildert werden. Es war nämlich noch nicht so weit. Wir mußten das Stiegenhaus überwinden, schlichen hinauf zu meiner Zweieinhalbzimmerwohnung, eine solche, die meine Vorgängerin bei Martin Hennensteige genannt hatte, was mir just in dem Moment, als ich aufsperrte, einfiel, weshalb ich, der Situation wenig angepaßt, sagte: Willkommen in meiner Hennensteige!

Martin verschluckte den obligaten Satz, von wegen wie gemütlich es bei mir sei, wie hübsch oder sowas, antwortete: Deine Hennensteige ist besser aufgeräumt als meine. Wissen Sie, in solchen Situationen war Martin wirklich gut, er brachte mich zum Lachen. Das können die wenigsten Männer. Frauen lachen, um ihnen einen Gefallen zu tun, nicht, weil sie so gute Witze erzählen. Zwei Drittel des weltweiten Frauengelächters entstammen je zur Hälfte den Motiven der Gefallsucht und der Nachsichtigkeit. In diesem Fall, wie gesagt, bewirkte mein Gelächter eine Lockerung in mir, die mich ermächtigte, Martin ein Bier anzubieten, obwohl in Situationen dieser Art, wie jeder Mensch aus Filmen weiß, Whisky getrunken werden muß. Zum einen, weil so ein Whisky on the rocks, obwohl er ohne *rocks* besser schmeckt, gut ausschaut. Zum anderen, weil die Menge der zu trinkenden Flüssigkeit den eigentlichen Zweck des Besuchs nicht allzuweit in die Ferne rückt und zudem nicht zu einem völlig unromantischen Toilettenbesuch mitten in der Nacht oder gar kurz vor dem Geschlechtsakt führen würde. Martin wollte ein Bier. Ich genehmigte mir auch eines, damit die Anspannung nicht überhand nähme. Es war schauerlich ruhig in der Wohnung, Musik! Aber welche, ich hatte keine Ahnung, was Martin in dieser Sparte bevorzugte. Hatte er von einem Techtelmechtel mit einer Opernsängerin oder — am anderen Ende der Skala — einer Popsängerin erzählt? Soweit ich mich erinnerte, hatte er keine von beiden im Repertoire. Doch ich gestehe es, ich hab inzwischen die meisten wieder vergessen. Das stimmt mich nachdenklich. Ich habe ihn ausgefragt, später. Zu Beginn tat ich natürlich, als ob mich das gar nicht interessierte. Neugierig wie ich weiß nicht was, wollte ich alles wissen und merkte allzubald, daß die Geschichterln nur in mein Kurzzeitgedächtnis eingedrungen waren. Längerfristig merkte ich mir nur die Teile, die mir über Martin Aufschluß zu geben schienen.

Ich hortete Munition, sagte Sandra.

Ich meine, daß ich mir die Teile aus den Schilderungen seiner früheren Beziehungen gemerkt habe, die mich —

Papperlapapp, sagte Sandra. Ich bin nicht neugierig auf eine Umschreibung eines sonnenklaren Sachverhalts.

Ich beharrte, so einfach sei das nicht.

Einfach, wer sagt denn das? Ausreden machen die Sache nur komplizierter.

Ich suche nach einer Erklärung, einem weniger —

Einem ehrenvolleren, edleren Motiv? Was soll daran ehrenvoll sein? Du gehst her und wartest, bis dir was passiert, was anderen passiert ist, um sagen zu können, Jawoll ja, so hab ich mir das gedacht. Ich habs immer schon gewußt.

Soweit sind wir noch nicht.

Weder Martin noch ich mußten in dieser Nacht aufs Klo. Bis auf weitere Peinlichkeiten in der Methode der Annäherung, die erst mit dem Ausgezogensein beendet waren, bot die Nacht das, was man gemeinhin von einer solchen erwartet. Genaueres werden Sie nicht hören, schließlich sind wir, ich, mein Verlag, der Grossist und der Buchhändler, alle mehr oder weniger katholisch.

Am nächsten Morgen wurde uns durch Martins Berufsleben die Peinlichkeit des ersten gemeinsamen Frühstücks erspart. Enerviert sprang er aus dem Bett. Mein Wecker läutete seit langem nicht mehr pünktlich. Martin zog sich an, küßte mich auf die Stirn und war draußen bei der Tür. Ich blieb noch wohlig bis neun im Bett und verbrachte den Rest des Tages damit, mir zu überlegen, wie es wohl kam, daß Martin nicht, wie in solchen Fällen üblich, gesagt hatte: Ich ruf dich an!

Bis ungefähr drei Uhr am Nachmittag fühlte ich mich pudelwohl, schmierte ohne schlechtes Gewissen einen halben Zentimeter Butter auf ein Brot, darauf einen Käse mit 60% Fett und amüsierte mich mit der Erinnerung an die Überwindung der gestrigen Peinlichkeiten. Ab fünfzehn Uhr begannen sich kleine stechende Splitter in die allgemeine Wohligkeit einzuschleichen: Was, wenn er nicht anriefe, wenn er sich nun nicht mehr meldete? Ach was, er hatte gesagt, daß ihm die Sache mit mir ein bißchen mehr wert sei. Mehr wert als was? In meinem Kopf verhedderten sich widerstreitende Gedanken, bis ich mich in der selben Gewandung wie am Vortag, inklusive Dotterfleck auf dem Sweat-Shirt, mit einigen Pistazien und einem Bier vor dem Fernseher niederließ. Keine Ahnung, wie das Opus geheißen haben könnte. Dustin Hoffman hatte sich eine aufgetan, mit der er die neu gewonnene sexuelle Freiheit der späten Sechziger Jahre auszuleben gedachte. Sie saßen einander beim Frühstück gegenüber. Die Synchronsprecher der beiden plauderten die nur für den Zuschauer hörbaren Gedankenblasen aus: Er denkt jetzt sicher, daß ... Sie denkt jetzt sicher, daß ... So ging es dahin, wohlig gab ich mich dem Real-Kitsch hin, als es an der Tür läutete. Draußen stand Martin. Im Gegensatz zu mir in frischem Hemd. Nun, was soll ich da noch viel erzählen? In diesem Moment begann ein schönes Stück Lebenszeit. Merkwürdigerweise gibt es nichts zu erzählen, wenn es einem gut geht. Nichts, was einen allfälligen Gesprächspartner interessieren könnte. Das soll nicht heißen, daß die in Frage stehende Person nicht gern erzählen würde, wie schön es ist, ausnahmsweise nicht mit sich selbst über den Sinn des Lebens diskutieren zu müssen. Unbeschreiblich, wie leicht man sich fühlt, wenn es egal ist, daß das Leben keinen höheren Sinn hat und man es trotzdem in vollen Zügen genießt.

Geduckt wird vor sich hingelebt; allzeit gefaßt auf die auch an glücklichen Tagen bereits hinter jeder Ecke lauernde Gefahr des Rückschlags. Nur nicht verschreien, heißt es hierzulande, wenn man Hoffnung hat, das Leben könnte sich angenehm gestalten.

Selbst in Hollywooddarstellungen, in denen alles exzeptionell und exklusiv ist, sind Zufriedenheit und Glück gewöhnlich und schauerlich kitschig. Kein Wunder, daß Filme dort aufhören, wo das Glück Einzug gehalten hat. Nicht einmal Marilyn Monroe will der ihr ansonsten mehr als gewogene Zuschauer eine Viertelstunde lang beim befreiten, unbeschwerten Genuß von Sahnetörtchen zuschauen. Obwohl Marilyn und Sahnetörtchen ein schöner Anblick wären: Sie hatte noch die Rundungen, die heute der Schönheitsstromlinienform der Megastars zum Opfer gefallen sind, war weißlich-gelb gefärbt und weich zum Anschauen. Die Sahnetorte wäre die einzig mögliche Entsprechung im Kuchenbereich. Trotzdem, nicht einmal der eingefleischteste Fan würde sich für sie interessieren, wenn sie nicht, oberflächlich proper wie das angesprochene Törtchen, seelisch schon unaushaltbar langsam, aber stetig verwest wäre.

Denken Sie nur an Schrebergartenbesitzer, die zufrieden sind, wenn sie an den Wochenenden vor ihren Miniatureigenheimen sitzen. Wie wollen Sie die Zufriedenheit, das Glück eines Schrebergartenbesitzers beschreiben, ohne zwangsläufige Ermüdung beim Publikum zu erregen?

Wenn Herr X wochentags um sieben aufsteht, erhebt er sich an den Wochenenden zwischen halb sechs und sechs. Schließlich muß er die Rosen wässern, bevor die Sonne zu hoch am Himmel ist. Frau X muß in aller Herrgottsfrühe eine anständige Jause kaufen. Sie muß überlegen, ob noch genug Bier im Landhaus ist. Zehn Minuten, nachdem sie den letzten Rest der Frühstückssemmel mit Marmelade, *selbstverständlich* aus *selbst* angebauten und *selbst* gepflückten Erdbeeren *selbst* gemacht, hinuntergeschluckt hat, muß sie dran denken, ob ausnahmsweise beim letzten Besuch draußen genug Zwiebeln und Knoblauch übrig geblieben sind: damit der Rindfleischsalat wieder so köstlich schmeckt wie in der vorangegangenen Woche. Den ganzen Tag schusseln die beiden in dem fünfzig Quadratmeter großen Areal herum, um sich später am Campingtisch niederzulassen und befriedigt bis euphorisch ein Bier zu trinken.

Sie fühlen sich glücklich, so glücklich, daß sie ihr Leben gefaßt ertragen können, weil sie sich im Schein der untergehenden Sonne auf den nächsten freien Tag im Schrebergartenhäuschen freuen. Sie erzählen einander, was sie nächstens vorhaben: Wie sie es anstellen, aus ihren fünfzig Quadratmetern im Vergleich zur gesamten Erdoberfläche ein unverhältnismäßig hohes Maß an Glück und Zufriedenheit zu gewinnen.

Herr und Frau X fühlen sich wohl, es geht ihnen wunderbar. Und wir, wenn wir vorbeigehen, sehen zwei kindische mittelalterliche Menschen, die nicht wahrhaben wollen, daß die Jungsteinzeit längst vorbei ist und der Fortschritt in eine andere Richtung weist. Wenn sich eine Gelegenheit bietet, teilen wir ihnen unumwunden mit, daß das Gemüse aus ihrem Beet nicht zum Verzehr geeignet sein kann, weil es von den Unkrautvertilgungsmitteln, die die ÖBB jahrelang auf den Bahndämmen haben versprühen lassen, hochgiftig, kontaminiert! ist. Wir lachen sie aus, weil sie den halben Hausrat aus der Wohnung schleppen und hier, im Grünen neben der Bahn, Mahlzeiten unter Mühen bereiten, die den in der Stadt gebliebenen Mikrowellenherd durch den offen daliegenden Widerspruch der Lächerlichkeit anheimfallen lassen. Sie lassen sich die viel zu dick geschnittene Wurst schmecken, als ob es sich um Trüffeln oder andere nicht gekannte Köstlichkeiten handelte. Wir zerkugeln uns über die Bierbäuche, die an solchen Wochenenden zufrieden wachsen.

Es ist wirklich zu komisch, wie sie da sitzen auf den Stühlen, die sie wieder in die Stadt mitnehmen müssen, weil sie im Häuschen nicht Platz haben.

Zum Abschluß rechnen wir ihnen vor, daß das Gemüse insgesamt, wenn man den Zeitaufwand, die Arbeit und den Ertrag bedenkt, viel zu teuer ist, daß man in der Markthalle viel günstiger einkaufen könnte und sich die Arbeit ersparte. Wir halten uns den Bauch vor Lachen, wenn sie uns in einer besonders aufgeräumten Stunde erzählen, daß sie den Schrebergarten des Nachbarn zu übernehmen hoffen, der ist schon ganz alt, wirds bald nicht mehr schaffen. Sie sparen seit zwei Jahren drauf, weil sie sich dann zehn Hühner oder ein Ferkel kaufen werden.

Teil II

Martin und ich

MARTIN UND ICH lebten eine geraume Weile glücklich und zufrieden. Dann jedoch schlichen sich Druckstellen in unsere Gespräche ein, die die Harmonie etwas trübten. Wir hatten einander inzwischen gut genug kennengelernt, um hin und wieder zu streiten. Es ging — wie auch nicht — um Kleinigkeiten: Ich monierte, er möge die Klobrille nach erfolgtem Teilumbau der an sich geschlechtsneutral konzipierten Toilette wieder in die ursprüngliche Lage bewegen. Schließlich sei seine Art des Urinierens die der Minderheit, er könne ja auch im Sitzen —

Dem hielt er entgegen, daß wir zu zweit in einer Wohnung jeweils genau die Hälfte darstellten. Im übrigen hätte ich meine Binden und Tampons aus dem Klo zu entfernen, denn seine fünfzig Prozent betrachteten das offene Aufstellen dieser Utensilien als geschlechtsspezifische Usurpation der Toilette.

Natürlich weigerte ich mich, die sogenannte Monatshygiene von dort zu entfernen. Schließlich sei der Tabustacheldraht um das Thema Menstruation schon hoch genug. Martin zeigte sich keineswegs unwillig, diesem Argument zu folgen, nützte es jedoch schamlos für sich selber aus, indem er ins Treffen führte, daß er einer Tabuisierung respektive Ächtung seiner Urinierhaltung vehement entgegenzutreten gewillt sei.

Sandra sagt, daß von Anfang an der Wurm drin war in dieser Beziehung, daß ich mich bloß nicht grämen sollte, vom feministischen Standpunkt betrachtet, sei Martin sowieso eine Niete. Vom feministischen Standpunkt aus betrachtet, seien alle Männer Nieten.

Den ersten Jahrestag der Gemeinsamkeit begingen wir mit einer guten Flasche Wein und einem ungewöhnlichen Abendessen. Ich hatte zwei Lammkoteletts besorgt. Martin schälte Kartoffeln, Karotten, putzte Champignons. Ich kümmerte mich um das Fleisch. Ausnahmsweise kam keine Hektik auf. Wir waren auf die Anforderungen, die haushaltsunübliche Speisen an die Köche stellen, vorbereitet.

Nach eineinhalb Stunden gemeinsamer Bemühungen waren die Teller vorgewärmt, der Tisch gedeckt, der Wein eingeschenkt, die Pfannen auf dem Tisch. Ich schickte mich an, die Koteletts aus der Pfanne zu nehmen: In der Rechten hielt ich den Bratenspieß und versuchte mit der Linken den Deckel abzuheben. Es gelang mir nicht. Der Deckel steckte fest. Ich nahm also den Spieß in die Linke und versuchte mit dem rechten, kräftigeren Arm den Deckel abzunehmen. Es ging wieder nicht. Martin versuchte sein Glück und scheiterte ebenfalls.

Das ist der falsche Deckel für die Pfanne.

Wie: falsch?

Der gehört auf den großen Häfen.

Das ist ja wurscht, du siehst ja, daß er auf die Pfanne auch paßt.

Zu genau paßt.

Wir waren entschlossen, den Abend angenehm zu gestalten. Wir ließen die günstige Gelegenheit für einen weiteren verbalen Raufhandel ungenützt vorübergehen. Da keiner von uns etwas von Physik verstand, kühlten wir die Pfanne zuerst unter der Wasserleitung ab. Ein leises Zischen war hörbar. Wir schöpften Hoffnung. Ich hatte die Pfanne zu halten und Martin riß am Deckel. Das Zischen hatte aufgehört.

Hat sich der Deckel bewegt?

Ich glaub nicht.

Wie ist denn das, wenn das kalt wird? Ich meine, in der Pfanne herrscht Unterdruck?
Ich kenn mich da nicht aus.
Hilflos standen wir um das eingesperrte Festtagsessen herum. Ich zückte den Bratenspieß und versuchte den schmäleren Zinken zwischen Deckel und Pfanne zu treiben.
Das funktioniert nicht.
Ich schmeiß die ganze Pfanne zum Fenster hinaus. Oder ich nagle sie an die Wand, als Mahnmal.
Martin lachte nur.
Wenn Abkühlen nichts genützt hat, dann probieren wir es einmal mit Aufheizen.
Schlimmer kann es nicht werden.
Die Herdplatte wurde auf zwölf gedreht, die Pfanne darauf gestellt. Wir standen beide wie Wachhunde neben den eingeschlossenen Koteletts, deren Geruch die Wohnung durchwallte.
Lassen wir uns von dem Schmarrn die Laune nicht verderben, komm, stoßen wir an. Auf das erste Jahr!
Dazu kam es nicht, im Inneren der Pfanne brutzelte lautstark.
Jetzt brennts an!
Martin stürzte zum Herd: Der Deckel ließ sich abnehmen.
Die Koteletts wurden herausgenommen, die Gläser erhoben.
Auf das erste Jahr! Auf das zweite Jahr!

Martin sorgte sich um mein berufliches Fortkommen. Er überlegte, was ich tun könne, damit ich *berühmt* würde. Er hatte sowohl für den Gedanken, daß seine Freundin bekannt werden, als auch für die Vorstellung, daß ich einen Bestseller schreiben könnte, viel übrig. Er nahm Anteil an meiner Arbeit. Ich konnte ihm erzählen, was ich zu schreiben beabsichtigte. Er tröstete mich, wenn von Zeitschriften oder Verlagen Absagen kamen. Wenn ich in einer Geschichte stekkengeblieben war, weil ich nicht recht wußte, wie ich mich all dieser Figuren entledigen sollte, um ein befriedigendes Ende zu bewerkstelligen, dachte er so eifrig über eine Lösung des Problems nach, daß ich mir manchmal wünschte, ich hätte nichts gesagt. Irgendwann fing er an, *konstruktive* Kritik zu üben:

Vielleicht machst du etwas falsch.

Wobei?

Na, wenn Zeitschriften deine Texte ablehnen, mußt du dich wohl auch fragen, ob du nicht was falsch machst. Vielleicht gehst du falsch an die Geschichten heran?

Wie: falsch herangehen?

Ich weiß auch nicht. Ich meine, wenn du einerseits alltägliche Sachen, die gleichzeitig sehr drastisch sind, die du drastisch be —

Du hast doch selber gesagt, daß dir *Leo* und *Das Bad* gefallen haben.

Na ja, gefallen ist vielleicht nicht das richtige Wort. Stimmen tun sie. Irgendwie zumindest. Gefallen ist was anderes. Außerdem, auch wenn sie mir gefallen, ich bin kein Lektor. Denen müssen die Geschichten gefallen.

Aber du bist Leser! Wenn ich meine Texte schreibe, denke ich nicht ans Verschicken oder an Lektorate, da könnte ich mir die Mühe gleich sparen. Erst wenn sie fertig sind, denke ich darüber nach, wem ich sie schicken könnte.

Ich hab mit dem Müller, du weißt schon, dem vom Archiv, gesprochen. Müller meint, daß du es schwer haben wirst mit deiner Art zu schreiben.
Ach ja.
Er meint, daß du mit deinem Stil ein bißchen hinter der Mode herhinkst. Du —
Was?
Müller meint, daß momentan nicht die Zeit ist für krude Darstellungen der Realität, er findet — und das weißt du ja selber auch — momentan hat eher das Poetische —
Das Poetische —
Nein, er meinte, das Berührende ist jetzt gefragt.
Laß mich mit dem Schmarrn in Ruhe. Ich weiß schon, daß ich nicht poetisch-feinsinnig die Schleimhäute empfindlicher Seelen anrühre. Ich mach halt was anderes. Das ist alles. Dem Müller oder wie der heißt kann das ganz egal sein.
Er meint, du müßtest klare Standpunkte beziehen, du sollst nicht einfach beschreiben, sondern sagen, wie du das findest, was du beschreibst. Müller sagt, daß ihn an einer Geschichte interessiert, wie du etwas siehst, wie es dir dabei ergeht. Daß die Welt ist, wie sie ist, weiß er selber auch. Sprachliche Bilder —
Woher weiß denn dein Müller überhaupt, was ich schreibe?
Ich hab ihm deine Kellner-Geschichte gezeigt.
Welche Kellnergeschichte?
Die die Arbeiterkammer abgelehnt hat, weil —
Mein Gott, wieso zeigst denn das alte Zeug her, so würd ich doch —
Das hab ich ihm gesagt. Er hat gemeint, daß in seinem Arbeitskreis bei allen von der ersten Geschichte

weg zu sehen war, ob und wenn ja, was aus dem Schreiber würde. Kein einziger, auf den er gesetzt hatte, hat ihn noch enttäuscht.

Und auf mich würd er nicht setzen? Jetzt versteh ich, das ist der Müller, der — Hör mir bloß mit dem auf. Der soll seiner Collioni nachrennen oder dieser Glaser, die ist doch eine seiner Entdeckungen, diese Südtirolerin, meine Güte, ich schreibe überhaupt keine — keine poetisch-innerliche, nichts, was dem wie Literatur vorkäme. Auf alle Fälle nichts, was einem schmuddeligen Knecht wie diesem Müller gefallen könnte. Ich bin keine dieser empfindsamen Damen, denen der bei der ersten sich bietenden Gelegenheit unter den Rock greift.

Jetzt hör aber auf. Das täte der nie.

Aber wollen tut ers, das sieht man ihm an.

Du siehst den Müller ganz falsch, der ist schon in Ordnung. Der könnte was für dich tun.

Der Müller ist eine Karikatur, *lonesome wolf* in Tirol, damit kann er meinetwegen dich, diese Collioni und weiß der Teufel wen beglücken. Mir kann er gestohlen bleiben. Und bitte, zeig niemandem meine Texte, das mach ich schon selber, ich bin ja nicht —

Du spinnst.

Jawohl. Ganz wie es beliebt, ich spinne. Verrückte sind am friedlichsten, wenn man sie gewähren läßt.

Martin wurde in seiner Firma immer unentbehrlicher. Er wurde Abteilungsleiter der Planungsabteilung. Wir könnten uns eine Monatsmiete sparen, wenn ich bei ihm oder er bei mir, oder wenn wir beide in eine andere gemeinsame Wohnung zögen. Es wäre, abgesehen von den Einsparungen, nicht mehr so umständlich, dauernd mußte er von einer in die andere Wohnung fahren: bei sich ein Hemd holen, bei mir hatte er den Pullover vergessen und so fort. Außerdem würde er als Abteilungsleiter öfter verreisen, müßte Termine im Ausland wahrnehmen, da würde es noch beschwerlicher werden, zwischen mir, der Firma und seiner Wohnung hin- und herzupendeln.

Martins Chef hatte gute Bekannte, die Häuser besaßen. Nach drei Monaten bezogen wir eine enorm schöne, riesengroße und spottbillige Wohnung im Saggen. Ich verbrachte mehr als vierzehn Tage damit, seine und meine Sachen so in die Wohnung zu stellen, daß sie nicht mehr leer wirkte. Martin kümmerte sich nicht darum. Ich hätte von uns beiden ohnehin den besseren Geschmack und ich sei diejenige, die zu Hause arbeitete, also müßte ich mich einrichten, damit ich mich wohlfühlte.

Das kleinste Zimmer der Vierzimmerwohnung blieb vorderhand leer. Anläßlich eines Geschlechtsverkehres, den Martin ohne Kondom hinter sich zu bringen geneigt war, stellte sich heraus, wie er dieses Zimmer zu füllen gedachte.

Glaubst du, ich nehm mir nur so eine Riesenwohnung, sagte er, als wir auf dem besten Wege zu einem Streit anstelle des Geschlechtsverkehres waren.

Ich will aber kein — zumindest jetzt noch nicht — ich will kein Kind.

Wann willst denn du Kinder, wenn du vierzig bist?

Das weiß ich nicht. Aber auf alle Fälle muß ich zuerst einmal etwas geschafft haben, zumindest ein Buch muß veröffentlicht sein. Vorher kann ich an sowas überhaupt nicht denken. Und außerdem, was ist, wenn ich jetzt ein Kind kriege, wenn dir das Vatersein dann doch nicht gefällt, haust du einfach ab. Aber ich, ich bleibe sitzen mit dem Kind, egal, ob es mir paßt oder nicht.

Ich muß mir das genauer überlegen als du. Du kannst einfach abhauen, und ich sitz da.

Wofür hältst du mich eigentlich? Glaubst du im Ernst, daß ich dich einfach sitzen lasse, was stellst du dir denn vor? Außerdem —

Das kann alles sein, zum Beispiel du triffst meinetwegen eine deiner ehemaligen Freundinnen wieder, und —

Du bist verrückt.

Okay, ich bin verrückt. Aber wie soll ich bitteschön schreiben, wenn um mich herum Kinder schreien?

Wir reden bislang von einem, von einem einzigen Kind. Das läßt sich alles einteilen. Andere gehen arbeiten und haben Kinder, du bist sowieso zu Hause. Du kannst schreiben, wenn das Kind schläft. —

Wenn das Kind schläft! Das ist doch eine Frechheit.

Hör einmal auf mit deinem Künstlergetue. Während du auf die Inspiration wartest, kannst du genauso gut Windeln waschen oder unser Kind stillen.

Ein Weilchen später wurde der Streit folgendermaßen fortgeführt:

Ich begebe mich ganz in deine Hand, wenn ich ein Kind kriege, ich bin dir auf Gedeih und Verderb ausgeliefert. Wenn du keine Lust mehr hast, Mäzen zu spielen, dann kann ich mich und das Kind im Obdachlosenasyl einschreiben.

Dann heiraten wir eben, da kannst du dann sicher sein, daß du, wenn ich dir davonrenne, Unterhalt bezahlt bekommst und weiß der Teufel.

Hier brauchte ich eine gehörige Nachdenkpause. Er wollte mich heiraten. Ich hatte bisher dem Nachdenken über Nicht-Verheiratetsein versus Verheiratetsein wenig Zeit eingeräumt. Daß ich auf die Idee zu heiraten bislang nicht gekommen war, ließ den Schluß zu: Verheiratetsein ist gleich Nicht-Verheiratetsein. Dann war es egal, abgesehen von den gesetzlichen Konsequenzen, ob man sich nun verheiratete oder nicht. Aus der Tatsache, daß ich nicht verheiratet war und bislang keinen Gedanken daran verschwendet hatte, leitete sich zwar nicht zwingend, aber möglicherweise ab, daß doch ein Unterschied zwischen den beiden Zuständen bestand. Wenn beide Alternativen gleich zu werten wären, hätte ich zumindest hin und wieder in Erwägung ziehen müssen, ob ich mich nun verheiraten solle oder nicht. Daß dem nicht so war, konnte bedeuten, daß ich entweder den Status der ledigen Frau dem der verehelichten vorzog, oder daß ich dem Status des Verheiratetseins einen anderen (höheren?) Stellenwert einräumte als meinem eheähnlichen. Die Proposition, mich fortzupflanzen, gewann angesichts der Unsicherheit der Prämissen für dieses Vorhaben etwas Irreales.

Martin arbeitete. Er verdiente Geld für unsere von ihm projektierten Nachkommen, als ich die Nachbarn kennenlernte. Eine Familie im Erdgeschoß und ein offenbar alleinstehender Herr im Stock über uns. Die Familie traf ich jeden Tag im Hausgang, den Mann von oben sah ich fast nie. Mir schien das die ideale Besetzung für eine Situation, in der ich überlegte, was aus mir werden sollte. Martin drängte mich ausnahmsweise nicht, ließ mich denken, schließlich würde ich nicht von einem Tag auf den anderen in die Wechseljahre kommen.

Martin hatte es sich bei einem der Streitgespräche, anläßlich derer wir übrigens beide unsere zarten, empfindsamen Seiten beurlaubten, nicht nehmen lassen, mich darauf hinzuweisen, daß ich die von uns beiden wäre, die sich mit einem auch nur vorläufig gemeinten Nein zur Nachkommensfrage sehr wahrscheinlich diesen Weg endgültig verstellte.

Er hingegen könne sich diesen Wunsch immer noch erfüllen, egal wie ich dazu stünde. Martin willfahrte meinem Wunsch, sich präziser auszudrücken: Ich kann auch mit fünfzig eine heiraten, die Kinder kriegen kann, du hingegen kannst in ein paar Jahren einpacken. Wenn ich dich dränge, dann deshalb, damit du dir darüber klar wirst, was du willst. Ich will dich nicht zu etwas überreden, was du nicht willst. Ich möchte, daß du endlich weißt, was du willst.

Wie soll ich mit dir ein Kind kriegen, wenn du, bevor es noch gezeugt ist, davon redest, daß du mit fünfzig eine Sechzehnjährige heiraten wirst. Die ist jetzt noch gar nicht auf der Welt — ich soll wohl ihre Freundin in die Welt setzen, damit deiner Gattin in spe nicht so langweilig ist in ihrer Kindheit? Ich finde dich widerlich, sagte ich an diesen Stellen, was nichts daran änderte, daß ich weiter über seine hassenswerten Einmischungen in meine weibliche Autonomie nachdachte.

Was glaubst du denn? Glaubst du, ich bleibe ein Leben lang bei dir, wenn ich mir Kinder wünsche und du keine willst? Natürlich werde ich mir dann über kurz oder lang jemanden, nein, ich werde niemanden suchen, aber ich schließe nicht aus, daß mir einfach jemand begegnen wird, der mir sympathisch ist und der auch Kinder will.

Die, die, da könntest du wenigstens *die* sagen.

Bei solchen Gelegenheiten wurde en passant meine Schreiberei abgehandelt: Gestatte mir ein ehrliches Wort, auf professioneller Ebene hat sich trotz deiner Bemühungen nicht viel getan, aller Voraussicht nach wird es immer bei deinem hobbymäßigen Schreiben bleiben. Das kannst auch mit Kindern —

Bisher haben wir von einem Kind geredet, jetzt ist schon die Mehrzahl —

Laß mich ausreden, du weißt genau wie ich das meine. Andere Frauen malen, Blumen, Stilleben, Landschaften, nehmen in den Urlaub eine Staffelei mit und malen. Es ist nicht einzusehen, wieso du nicht auch nebenbei dein Hobby —

Das ist nicht mein Hobby, das ist mein Beruf.

Schau, —

Ich will nicht, laß mich in Ruhe.

Als Abteilungsleiter hat man Verpflichtungen, die nicht durch eine Person allein zu erledigen sind. Ich mußte mitgehen an manchen Abenden, wenn die Gattinnen zugelassen waren. Martins Kollegen waren ungefähr so schrecklich wie eine beliebige fremde Familie: Man wurde taxiert und gewogen. Martins Wert wurde unter anderem mit meinem Wert oder Unwert korreliert. Er beauftragte mich, etwas aus mir zu machen. Ich mußte mir überlegen, was ich anzog. Ich hatte zugenommen, fühlte mich in meinem einzigen schwarzen Kleid nicht wohl, hatte ohnehin keine gesteigerte Lust mitzugehen und beschloß zu streiken.

Da mir laut Martin mein ansonsten ungetrübtes Wohlbefinden kurzfristig abhanden gekommen war, ließen mir seine Kollegen Genesungswünsche übermitteln.

Das nächste Mal kommst du mit; sie freuen sich darauf, dich kennenzulernen.

Freuen sich, blabla.

Was: blabla?

Nichts.

Was: nichts?

Nichts, ich weiß nicht, was ich da verloren habe bei deinen Kollegen.

Genau das: Sie sind *meine* Kollegen. Ich hör mir schließlich auch deine Geschichten über alle möglichen Schreiberlinge an.

Ich dachte, das — interessiert dich?

Du interessierst mich.

Nicht lange danach ging Martin mit mir einkaufen, damit ich nicht wieder mit so blöden Ausreden käme. Die Verkäuferinnen ahnten Kaufwut, wenn zwei kamen, um die Bestände zu sichten. Ich hatte gerade ein Kleid anprobiert, das meinen Busen für meinen Geschmack zu sehr betonte, da es weit ausgeschnitten und das Dekolleté mit einem Streifen Spitzen umnäht war.

Nein, das ist nicht das, was ich mir vorgestellt habe.

Aber das steht Ihnen ausgezeichnet. Wirklich.

Ich find auch, daß dir das gut steht.

Meinst? Nein, das Dekolleté ist — zumindest, wenn *ich* das Kleid anhabe — fast ordinär.

Schlußendlich kaufte ich ein Kleid, das mir gefiel und eines, das ich nicht gerade eklig fand, das dafür

Martin und der Verkäuferin passend erschien. Wieder einmal sah ich meine These bestätigt, daß Männer kein ästhetisches Empfinden bezüglich Frauenkleidung haben. Sie reagieren auf Primärreize, also lange Beine, Busen und Arsch, und wähnen trotzdem eine auratische Wolke um das Kleid und die darin befindliche Frau.

Nach zwei Monaten war es soweit, ich mußte die ordinärere Variante meiner neuen, eleganten Schale ausführen. Wenn ich es recht bedachte, kleidete es mich wirklich nicht so schlecht, dieses gelbe Kostüm, das meine Taille und Oberweite betonte. Als ich die *Gattinnen* kennenlernte — ich war der Einfachheit halber als sowas wie eine Zukünftige vorgestellt worden — mußte ich feststellen, daß ich trotz meiner neuen, figurbetonten Gewandung im Vergleich etwas Ländlich-Sittliches an mir hatte. Die Gattin von Martins direktem Vorgesetzten trug ein schwarzes Kleid, das nicht nur gewollt gewagt war, weil die schwarze Unterwäsche durchschien, sondern auch deswegen, weil sie die Knöpfe, die den Schlitz vorne hätten zusammenhalten sollen oder können, alle offenließ. Im Laufe des Abends gewährte sie nicht nur mir ausführliche Rundblicke auf ihre überaus langen und wohlgestalteten Beine.

Martins Vorgesetzter hatte gut gewählt. Der Brustansatz präsentierte sich trotz der knapp vierzig Jahre der Eigentümerin — wie für Frauen ihrer Position angebracht — jugendlich und dementsprechend straff. Das Gesicht war faltenfrei, nirgends die gefürchteten Anzeichen von Krähenfüßen. Sie hatte sich Mühe gegeben: So wie sie an diesem Abend kaum lachte, dürfte sie es auch sonst tunlichst vermeiden, auf ihrer makellosen Oberfläche eine wie immer geartete Regung zu zeigen. Gesichter und Hälse sind schließlich nicht knitterfrei.

Von mir war man aus anderen Gründen angetan. Die Zukünftige schrieb, das war was anderes als Strikken, haha, eine komplizierte Ausrede für Nichtstun, hieß das Gelächter der Manager, in Sprache übersetzt. So ging es eine Weile dahin. Ich hatte das Gefühl, um Jahre zu altern. Wozu die Gattinnen dabei waren, blieb mir schleierhaft. Die Männer bestritten die Unterhaltung und die Frauen waren, abgesehen vom Schönheitsgebot, nach Maßgabe der zur Verfügung stehenden Mittel dazu eingeladen, die jeweilige Äußerung des Gatten zu bestätigen. *Ja, wirklich.*

Die Eloquenteren schwangen sich dazu auf, die Aussagen ihrer Gesponse zu paraphrasieren. Paarweise hatte man mehr Gewicht.

Fast am Ende des Abends fiel mir einer auf, der ganz nett war. Herbert hieß der, er war der einzige, der sich nicht mit Titel und Nachnamen vorgestellt hatte, der war auch kein Kollege von Martin, kannte die Anwesenden aus einem anderen Zusammenhang. Die Gattinnen hatten an meinem Gesprächspartner mindestens genausoviel auszusetzen wie an mir, weswegen wir uns blendend und beinahe ungestört unterhielten. Martin redete den ganzen Abend nur mit seinem Vorgesetzten.

Ich habe mir vorgenommen, mich in krisenhaften Momenten meines amerikanischen Lebenshilfebuches zu entsinnen, wo sinngemäß zu lesen ist, daß fast gar nichts so ekelhaft sein kann, also auch nicht ein sinnloser Abend mit zweckfreien Leuten, daß sich nicht irgendwie ein Gewinn draus schlagen ließe:

Schönheit, weiblich

Nein, natürlich geht es nicht darum, ob nun Mitesser auf ihrer Nase sind, aber schließlich — das mußt du zugeben — sind beide Nasenflügel, ja, links und rechts, mit Mitessern übersät. Verschieden groß, manche auch erst im Embryonalstadium zum Wimmerl, aber es ist nicht — kann nicht einmal von dir geleugnet werden, daß diese Mitesser einem das Gefühl von Fettigkeit, von Schmierigkeit, versteh mich nicht falsch, schmierig ganz im wörtlichen Sinne, nicht übertragen, unterstell mir das ja nicht, das ist eine Schmierigkeit, der nicht mehr viel zur Wächsernheit fehlt.

Und wenn mir diese verschieden großen, mattdunkelgrauen bis tatsächlich schwarzen Pünktchen einmal bewußt geworden sind, dann kann ich mich, ich weiß, daß das gräßlich ist, nicht mehr halten: dann schau ich hinunter auf ihr Kinn, da wächst aus einer Sommersprosse, bitte, kein Muttermal, wächst da ein dickes, schwarzes Haar heraus, das sich auch noch kringelt, schon wenn es knapp einen Zentimeter lang ist. Nein, es kommt nicht vorn heraus, unten am Kinn, sie selber sieht es wahrscheinlich gar nicht, insbesondere jetzt, wo sie wieder ein bißchen abgenommen hat. Komischerweise nur im Gesicht. Sie ist den Ansatz zum Doppelkinn losgeworden, sonst scheint alles drangeblieben zu sein. Was das für eine Diät war, man sollte fast fragen, ha, sie könnte es fühlen, wenn sie das Kinn mit der Hand abstützt, aber da sind wir bei ihren Händen: Würstchenfinger sagst du? Das finde ich gar nicht, eigentlich sind die Hände ganz hübsch, die Handteller klein, die Finger dazu gut proportioniert, nicht zu lang. Diese Idee, daß Finger schöner seien, je länger sie sind, ist doch eine Schnapsidee. Wenn sie sehr lang sind, schauen sie — spätestens wenn die Dame fünfunddreißig wird — aus wie Krallen. Die kleinen wie Knitter aussehenden Falten vertiefen sich gerade ein bißchen, und die langfingrigen Hände schauen aus, als ob sie schon immer damit beschäftigt gewesen wären, Münzen in die Kasse zu klauben. Nein, nein, ihre Hände sind an sich ganz in Ordnung. Bloß ihre Nägel, es läuft mir ein Schauer über den Rücken, wenn ich das sehe. Erstens kann eindeutig festgestellt werden, daß ein Unterschied zwischen der Art, wie die beiden Hände manikürt werden, besteht, die rechte Hand schaut aus, als ob sie einem, ja entschuldige, einem — einem der sich um die Hufe von Kühen kümmert, in die Hände gefallen wäre, sie kann links nicht schneiden und auch nicht feilen. Die Nägel der rechten Hand schauen aus, als ob sie selbst in Trevirastoffen Fäden ziehen würden. Zu allem Überfluß nimmt sie auffällige Farben, damit gewiß alle sehen, daß sie links tolpatschig ist, sich aber lieber verunstaltet, als zu einer Maniküre zu gehen. Darüber, daß die Farbe des Nagellacks sich mit der Farbe des Steines in diesem von ihrer Oma oder weiß Gott wem geerbten Ring schlägt, darüber will ich weiter kein Wort verlieren. Warum sie das Haar unter dem Kinn nicht spürt, hat den einfachen Grund, daß sie nicht dazu zu bewegen ist, Handschuhe anzuziehen, wenn sie abwäscht oder im Garten jätet. Auf den Innenflächen ihrer Hände könnte man Karotten reiben.

Aber das ist alles gleich, wenn mein Blick von den etwas stark wachsenden Oberlippenhärchen, dem einzelnen schwarzen Haar unter dem Kinn weiter nach unten rutscht, dann ists schon wieder nicht auszuhalten.

Ihr Dekolleté.

Mitesser gibts da keine, völlig richtig, aber vereinzelte, tiefe Poren und diese kleinen Höcker, die zwar nicht gelb ausschauen, aber eine kleine weißlich-gelbe Füllung haben. Talgpfropfen auf dem Hals und im Dekolleté sollten sie davon abhalten, ausgeschnittene Sachen zu tragen. Manche sagen, daß vom Hals bis zum Brustansatz die Schönheit der Frau, so vorhanden, konzentriert ist. In dieser Region zeigen sich Eleganz und Noblesse.

Ich hab gerade ein Haselnußeis mit echten Haselnußstückchen gegessen, als mir plötzlich dieser rote Fleck, gequetscht und gezerrt, auffiel, da hatte sie wohl einen dieser Talgpfropfen mit nackter Gewalt herausgedrückt. Ich hatte diese vielen, weichen und doch festen Stückchen überall im Mund, die auch diese milchig-weiß bis leicht gelbliche Farbe haben. Mir ist nicht schlecht geworden, nein, aber geschmeckt hat mir das Eis nicht mehr. Schließlich ist ganz abgesehen von diesen nun zur Genüge besprochenen Unreinheiten die Falte im Dekolleté ein — wie soll ich sagen — eine Art, na egal, ein Dekolleté soll den Brustansatz zeigen, nicht — aber das führt zu weit.

Ihre Beine sind in Ordnung. Was das bei Beinen genau heißen soll, ist schwierig zu sagen. Jeder weiß, was für Beine gelten gelassen werden, und doch kann man schwer sagen, wie solche Beine ausschauen.

Fangen wir am besten mit den Schuhen an: Die Beine dürfen von der Seite betrachtet nicht im rechten Winkel aus den Schuhen herauswachsen, obwohl sie das de facto tun müßten, wenn man die Schuhe als eingeschobene Erdoberfläche betrachtet und einmal annimmt, die Schuhe wären ganz flach. Von den Zehenspitzen ausgehend muß durch den Stöckel des Schuhs der Winkel zwischen der Erdoberfläche, die wir zum besseren Verständnis als Parallele des — zwar im Endeffekt nicht waagrechten — Ristes annehmen, und dem senkrecht in die Höhe strebenden Bein größer als 90 Grad sein. Je höher der Stöckel, desto mehr nähert sich dieser Winkel 180 Grad. Manchen Beinen bekommt es, wenn die Inhaberin die vollen 180 anstrebt. In diesem Fall würde ich stark davon abraten. Die in Frage stehenden Beine sind dafür zu wenig modelliert, sie scheinen eher — zwar glücklicherweise moderat —, sportlich trainiert zu sein. Bei solchen Beinen steht ein hoher, schmaler Stöckel, kurz, ein Bleistiftabsatz, in zu starkem Kontrast zur vergleichsweisen Stämmigkeit der Beine. Versteh mich nicht falsch, keineswegs behaupte ich, ihre Beine wären stämmig. Sie sind gerade kenntlich, aber unleugbar muskulös.

Das beste, was sie tun könnte, wären halbhohe bis niedrige Schuhe mit Stöckeln, die sich nach unten hin natürlich verjüngen, aber immerhin eine Auftrittsfläche von zirka zwei Quadratzentimetern haben. Es versteht sich von selbst, daß sich proportional zur Annäherung an die Marke *halbhoch* die Auftrittsfläche reduzieren muß; ein Quadratzentimeter stellt das Minimum dar. Das muß wohl nicht gesondert festgestellt werden.

Gerade bei dieser Frau, ich meine, du weißt so gut wie ich, daß es Frauen gibt, deren Beine sind — obwohl sie keine Krampfadern und Muskelknollen haben — absolut nicht zu verbessern. Bei denen ist der

Effekt gleich, egal ob sie Earth Shoes oder hochhackige Pumps tragen. Bei ihr jedoch ist es überaus schwierig, den optimalen Effekt zu erzielen.

Abgesehen von den Schuhen muß bei ihr darauf geachtet werden, daß sie nicht in die Gewohnheit aller Hausfrauen verfällt. Sehr oft wählen die die richtigen, kein Zweifel, da besteht Hoffnung. Nur wie man ihnen abgewöhnen soll, die selben Schuhe ein Leben lang zu tragen, ist mir nicht klar. Das Leder bekommt Falten, die sie mit Schuhcreme zuzukleistern versuchen. Ein Anblick, der kaum zu ertragen ist. Ein Schuh hat genausowenig Falten zu haben wie ein Gesicht. Oder ein Hals, wenn wir gerade dabei sind.

So wenig wie ein Hals durch einen Kropf verunstaltet werden darf, so wenig hat eine durch ein Überbein verursachte Ausbuchtung was am Schuh verloren. Heutzutage ist das doch nicht mehr notwendig, da kann man doch etwas unternehmen.

Aber ich ereifere mich. Zurück zu den Beinen. Natürlich sollten die Beine rasiert sein. Blonde haben hiebei einen Vorteil, bei denen sieht man die nachwachsenden Haare nicht sofort. Die Dunklen sollten am besten mit der Wachsmethode arbeiten, sonst müssen sie jeden Tag zweimal den Rasierer einschalten. Das sind an sich keine Probleme mehr. Wirklich haarig wird die Sache am Knie.

Da ist nichts zu machen. Manche Knie sind wie sie sind: breit, uneben, oft mit einer kleinen Narbe aus Kindheitstagen, da hilft nur verstecken. Wenn die Mode Mini obligatorisch vorschreiben sollte, wie in den Siebziger Jahren, dann ist man einfach aus dem Wettbewerb. In den ausgehenden Achtzigern und beginnenden Neunzigern ist Verstecken möglich. Das ist ein großes Glück für manche. Obwohl natürlich alles, was herzuzeigen ist, präsentiert zu werden hat. Je mehr eine versteckt, desto mehr Rückschlüsse drängen sich auf.

Bei den Haaren sehe ich schwarz. Sie weigert sich, diese Fransen loszuwerden. Was man da machen soll, entzieht sich meinem Beurteilungsvermögen. Ich sage das einmal so, wenn ich sie vor mir sehe, wie die abzählbar wenigen Haare auch im frischgewaschenen Zustand am Kopf kleben und nach unten diese ausgefransten, wie abgebissenen Kringel bilden. Deshalb ist mir wohl ihr Dekolleté so aufgefallen, weil ich diese gleichzeitig borstigen und schauerlich anschmiegsamen Haare nicht anschauen konnte.

Im Prinzip könnte sie eine Glatze haben, weil die Frisur, die ja keine ist, kein bißchen die Dellen auf dem Kopf kaschiert. Mir persönlich ist es wenig angenehm, mit einer Art verkleidetem Totenkopf am Tisch zu sitzen. Wenn sie sich weigert, die Haare abzuschneiden, kann man sich jede weitere Anstrengung schenken, was trotz der aufgezählten und nicht gerade zu vernachlässigenden Nachteile doch schade wäre, denn sie hat auch ihre Meriten. Ihr Mund, zum Beispiel, ist durchaus in Ordnung, nicht weltbewegend, aber man weiß doch, daß gerade die besonders vollen Lippen auch heutzutage nicht von selber wachsen, sondern bei Arden oder Lancôme oder wie sie alle heißen kreiert werden.

Sie hat eine gute Anlage, muß nur aufpassen, daß sie nicht, wenn sie dreißig, vierzig wird, Längsfalten von den Mundwinkeln zum Kinn hin bekommt, in denen dann der Lippenstift nach unten sickert. Ein wahrhaft deprimierender Anblick.

Am liebsten habe ich ihre Ohren, nicht ganz klein wie bei einem Kind, mittel, nicht fleischig, zart behaart, deshalb soll sie sich ja unbedingt die Haare schneiden lassen. Wer kriegt denn sonst die Ohren und dann die Ohrringe, die sie wirklich, das muß man ihr lassen, geschmackvoll auswählt, zu sehen? Ja, da hast du recht, an Tagen, wenn die Haare fett sind, aber ich will verdammt sein, wenn da nicht wieder diese Kopfform den ganzen Eindruck der Ohren wieder zunichte macht. Ihr Nacken ist auch nicht schlecht, wenn sie erst die Haare abgeschnitten hat, kann man ihn anschauen, da dann auch endlich diese Wimmerl verschwinden. Hitzewimmerl, sagt sie, sind das. Na ja. Die andere? Die neben ihr sitzt? Da brauchen wir nicht reden, die muß zuerst ein Jahr Mitglied bei den Weight Watchers sein, bevor wir uns mit ihr befassen. Wohlgemerkt, ich bin nicht kategorisch dafür, daß alle eine Figur haben, schlank und rank, nur sollten sich die Fülligen abgewöhnen, die Kleidung tragen zu wollen, die den Dünnen steht. Jetzt seh ich erst die roten Flecken auf ihren Wangen, mein Gott. Eine Schönheit vom Lande. Pausbäckig und rund. Hast du gesehen, wie die lacht. Homerisch, sagst du, nennt man das? Ich würde eher sagen katastrophal. Wenn wir näher dran wären, hätten wir sicher jede einzelne Plombe sehen können. Das versteht man wohl unter Emanzipation, daß Frauen ihre Goldfüllungen so stolz präsentieren wie ein türkischer Pascha. Aber wie sie trinkt, schau, das hat Stil. Nur das Lachen, das müßte man ihr verbieten und sie neu einkleiden, dann könnte sie hinkommen. Das Ländliche ist vielleicht gar nicht so übel, das müßte man erst sehen. Aber wahrscheinlich hat sie Hornhaut an den Fersen, das haben Leute vom Land. Kein Mensch weiß wieso; nach Jahren noch, wenn sie in der Stadt leben, kannst du sie in der Sauna oder im Freibad daran erkennen. Da nützt kein Bimsstein.

Der Busen? Nein, da kann ich dir nicht zustimmen, ich tu mich da schwer, ich finde, da geht fast alles. Mir gefällt der von der Dünnen besser als der von der Fülligen. Aber Busen ist das einzige, bei dem einander Qualität und Quantität in der Beurteilung in die Quere kommen. Da kann man keine generellen Urteile abgeben. Das ist übrigens bei Hintern auch so, bei der Dame vom Land, könnte ich mir vorstellen, ist der Hintern so wie er gehört, sie wird ja vielleicht noch aufstehen, dann reden wir weiter. Der von der Dünnen ist auf alle Fälle zu flach. Da haben die Schlanken ein Problem, die meisten haben Zwetschkenhintern wie Männer. Egal, ob die eine Hose oder einen Rock tragen, das schaut aus, als hätte ein mit Luft gefüllter Ball, so einer, mit dem man im Wasser spielt, den Innendruck verloren. Bezüglich der Größe eines Podex Richtlinien zu geben, ist ähnlich schwierig wie beim Busen. Keine Frage, daß der Übergang von Hintern zu Oberschenkel gleichmäßig sein muß. So groß darf er nicht sein, daß er sozusagen über den Schenkel drüber hängt, und daß er einigermaßen fest sein soll, glaube ich, darüber besteht auch kein Zweifel. Ganz vage könnte man die Form so festlegen: Wenn man die Frau von der Seite betrachtet, sollte der Bogen, den der Hintern beschreibt, einem spanischen Fragezeichen nahekommen. Na ja, vielleicht ist die kursive Variante dem, was ich meine, besser angepaßt:

¿

Nein, das normale spanische Fragezeichen.

¿

Dabei bleibts, nur geht der Bogen unten etwas zu weit nach innen, wie gesagt. Der Übergang zum Schenkel muß sanft sein, sonst nützt die ganze schöne Rundung nichts. Die Ländliche wenn endlich aufs Klo ginge, die hätte sicher einen prallen Hintern. Siehst, die da drüben, die hat schon wieder diese Mitesser, auf beiden Nasenflügeln, links und rechts.

Schönheit, männlich

Langsam spricht sich herum, daß es nicht genügt, die Nägel mit einer Papierschere zu stutzen. Sie müssen nicht unbedingt gefeilt sein, nein, aber wenigstens so geschnitten, daß sie nicht an feinen Stoffen hängenbleiben. Nach dem Jeansalter tragen Männer ständig eine Art Trevirastoff, und die Hemden sind so gestärkt oder gar aus diesem halbdurchsichtigen Kunststoff, daß man mit einer Rasierklinge kommen müßte, um Schaden anzurichten. Daß es manchen den Halsspeck oben am Kragenrand herausdrückt, ist eine der Folgen. Diese Wülste — da brauch ich kein besonderes Einfühlungsvermögen, ich versteh Empfindsame, wenn die sich dankend abwenden.

Daß zu Sauberkeit mehr gehört als abgeschrubbt zu sein, was mir das mindeste zu sein scheint, setzt sich allmählich durch. Grade bei Rauchern, ich meine, da stinken sie ihr Büro voll und wundern sich, wenn sie müffeln. Ein bißchen Eau de toilette hat noch keinem geschadet. Das Dilemma ist, daß sie nicht riechen gelernt haben. Ein jeder Mensch müßte mit 4711 anfangen, diesen Geruch internalisieren, beobachten, wie sich das Wohlgefühl nach und nach in Überdruß umwandelt. Erst dann ist der Mensch in der Lage, in einer Parfümerie die Duftnote auszuwählen, die meine Nase weder an Tankstellen noch an Wienerwald-Erfrischungstücher erinnert.

Sie haben es nicht leicht. Die Mode nimmt sich ihrer erst neuerdings an. Alle, die vor dieser Zeitenwende sozialisiert wurden, sind jetzt hilflos. Sehen die Dressmen an und denken sich, Das schaut wirklich gut aus. Aber das kann ich nicht anziehen, wie komm ich denn daher?

Richtig, man kann nicht tragen, was Dressmen präsentieren. Natürlich nicht, wie sähe denn meine Tante aus, wenn sie ihre Lieblingslektüre eins zu eins auf sich selbst übertrüge? Anregungen holt man sich von diesen Bildern. Man betrachtet den Schnitt und kommt zum Schluß, daß eine — entschuldigen Sie den Ausdruck — Bierwampe sich mit einer besonders weit geschnittenen Bundfaltenhose nicht verträgt. Wobei zu sagen ist, ich wüßte nicht, welcher Schnitt sich mit Bierwampen verträgt. Aber da sind wir beim Kernproblem: Die meisten glauben immer noch, daß eine *gute Figur* beim Mann sich darin erschöpft, groß zu sein. Ein großer Mann, sagen sie, ist ein fescher Mann. Ein schöner, sagt man, sei ein effeminierter Mann.

Natürlich geht es um grundlegende Sachen wie Körpergröße, Gewicht etc. Aber die Proportionen werden gern vergessen: Ein Mann, dessen Beine im

Verhältnis zum Rumpf zu kurz sind, ist, auch wenn er 190 Zentimeter groß ist, kein schöner Mann, und einer, der sorgfältig gefeilte Nägel und eine exakt gefönte Frisur aufweist, hat noch lange nicht begriffen, worum es geht.

Es ist nicht einfach. Bei Männern ist alles mögliche gangbar, obwohl sie in gewissem Sinne einer strengeren Reglementierung unterliegen als Frauen. Was denen als kleine Geschmacksunsicherheit nachgesehen wird, ist bei Männern Ausdruck eines durchdachten Gestaltungswillens, dem ein analytisch-und-doch-wieder-synthetisches Gedankengebäude unterliegt. Das schlägt sich in der Wahrnehmung des Betrachters in Form eines Istgleichzeichens nieder, das zwischen der Kleidung und dem Wesen des Mannes phantasiert wird.

Aber der dort — der macht mich fertig.

Da hast du recht, oberflächlich hat der gar nichts Unangenehmes an sich. Trotzdem, der strahlt so eine durch und durch gehende Gräue aus.

Grauheit, das ist es.

Man kriegt eine Gänsehaut, wenn man sich vorstellt, daß der einem die Hand schüttelt. Der ist sicher auf Fisch-Temperatur. Farblosigkeit ist ein Kapitalfehler. Sie sagen, sie können nichts dafür, Männersachen gibt es — abgesehen von ideologischer Kleidung — auch im Sommer nur in Winterfarben. Aber ehrlich, wenn man es kann, kann man auch mit diesen Farben was aus sich machen. Da braucht man keine lilafarbenen Hosen. Aber der sitzt da in diesem Braun, das ebensogut für Grau, Blau oder eine Mischung daraus gelten könnte. Tarnfarbig, das ist es, damit man ihn gar nicht sieht.

Die einzigen, die Farbe tragen, sind die Sportler. Die ziehen Sachen an, die durchaus modisch sein mögen, aber immer wirken, als ob der Träger gerade zum Meer oder zu einem Achttausender aufbräche. Nur noch einen kleinen Schluck in der Zivilisation, die sich bei solchen Burschen an der Bar zu konzentrieren scheint, und dann gehts los. Die strahlen eine ungemütliche Unrast aus.

Der Farblose ist zu jung, aber er gehört trotzdem zur Pullunderträgergeneration. Ich weiß, daß er keinen anhat, aber dieses Hemd mit dem zu großen Kragen ist prädestiniert für einen Pullunder, schau wie sich die Kragenspitzen einrollen. Natürlich trägt er den Kragen außen, wenn er einen Pullunder oder einen Pullover anzieht. Wetten? Das läßt sich mit der Art der Koteletten korrelieren. Modisch wäre er, wenn er keine hätte. Wenn er richtige, weit bis ans Kiefer reichende hätte, wär er zumindest ungewöhnlich, aber der hat so kleine, im Ansatz vorhandene. Nein, die sind ihm nicht einfach nachgewachsen, schau hin, die sind so geschnitten. Der geht wahrscheinlich mit seinem Paßphoto, das vor zehn Jahren gemacht worden ist, zur Friseuse und sagt: Wenns mirs wieder so abschneiden. Da hat wahrscheinlich zum letzten Mal jemand zu ihm gesagt, daß er eine fesche Frisur hat. Seither hat ihm keiner mehr ein Kompliment gemacht, nicht einmal wenn er aus der Friseurtür tritt. Jeder Friseurbesuch wird zur Enttäuschung. Und er wird immer grauer vor Gram.

Wenn der einmal einen Bauch hat — und den kriegt er, da freß ausnahmsweise ich einen Besen. Der hat die Anlage dazu. Wenn er einen Bauch hätte, wäre der Bund ums Kennen unter den Nabel gerutscht, sodaß er sich die Hose hinaufziehen muß, wenn er aufsteht. Dabei zieht er natürlich auch das Hemd mit nach oben, weswegen er es wieder hineinstecken muß. Auf die Art wirken solche Typen immer nur halb angezogen. Weil einem das bei Unbekannten peinlich ist, schaut man sie nicht an, weswegen sie sich erst gar nicht so tarnfarben anziehen müßten. Außerdem treten sie sich ständig hinten die Hose ab, weil sie nach einem Schritt ohnehin wieder nach unten rutscht.

Ich weiß, du hast mich falsch verstanden, ich find diese Männerfarben nicht gräßlich, im Gegenteil, Herrentöne sind die Aristokratie unter den Hits beliebiger Saisonen. Doch was sie draus machen, bei den beiden da drüben kann man das beobachten. Wie der sich ständig nach vorne auf den Tisch lehnt, wie ein Bauer, oder nein, wie ein Roß in diesen gierigen, grausigen Schlucken trinkt. Wie sich der Hemdkragen dabei als zu eng erweist, der Adamsapfel hüpft, meine Güte. Aber was willst du machen? Denen hat man erfolgreich eingeredet, sie brauchten nicht schön zu sein. Männer könnten hingehen und ungestraft einen der vielen *Zu*-Defekte aufweisen und trotzdem schön gefunden werden.

Sie werden dreißig, werden vierzig und finden nichts daran, daß ihnen aus Nasen und Ohren Haare wachsen. Sie sind arm, selber regulieren sie das nicht und die Frauen haben sie im Stich gelassen. Niemand schreit ihnen nach, Du bist aber ein Rassiger, wenn der Betreffende schon Zöpfe aus den Ohren flechten könnte. Sie scheinen diese Behaarung unter der Rubrik *Virilität* zu verbuchen.

Wenn sie auf die Art keinen Staat machen können, tragen sie Hosen, die auch dem uninteressierten Betrachter Aufschluß über den exakten Lagerort des Geschlechtsteils geben. Das sind Klarheiten, die zu diskutieren sich nicht schickt, aber schließlich kann man nicht so tun, als ob man nicht sähe, was man sieht.

Haare? Guter Gott! Damit haben Männer generell ein Problem: Entweder es wachsen auf dem Kopf zu wenige, was sie aus unerfindlichen Gründen dazu veranlaßt, einen Scheitel knapp über dem Ohr zu ziehen, die deprimierenden Reststücke über den sich im besten Fall wölbenden Schädel zu legen und mit Spucke auf der anderen Seite festzukleben. Oder es wachsen ihnen zuviele: Auf Brust, Hals und Rücken schauen sie aus wie altersbedingt ausgedünnte Teppiche.

Frappierend ist, daß auch der häßlichste Gnom oder Riese gar nichts dabei findet, sich über das Aussehen von Frauen zu alterieren. Sie wandeln auf Freiersfüßen, haben den Mindeststandard bei Madonna angelegt und sind verletzt, wenn der Madonnenersatz zu erkennen gibt, daß man auf einen wie ihn grad noch gewartet hat.

Ich weiß, nur äußerlich, aber ich kann ja nicht beim Innenleben anfangen.

Schau dir den an, der kommt aus dem Klo und zieht sich in der Tür den Reißverschluß hinauf. Es besteht ein Unterschied darin, ob man potentiell ungerecht pauschal vermutet, daß sich einer die Hände nicht wäscht, oder ob man darüber Gewißheit erlangt, daß einer sich tatsächlich nicht wäscht. Nicht einmal daran denken. Dann sitzen sie am Tisch und reiben das Salz von den Brezeln — ich hör schon auf.

Schuhe: Das Gebot der Modernität wird jedesmal wieder vom Anspruch der ewigen Haltbarkeit unter

dem Motto Nur nicht auffallen! verletzt. Sie stechen einem ins Auge mit diesem ewig braunen, solide verarbeiteten Schuh aus Glattleder. Dann noch diese ekligen quietschenden Gummisohlen. Sie habens halt gern bequem, die Burschen.
Völlig richtig, es gibt auch andere, nun denn: die effeminierten Männer. Heute ist keiner da. Nun, ich vermisse sie nicht, diese gleichzeitig gefärbten und *gemäschten* Dauerwellen, die nur bis zwei Zentimeter über den Haaransatz reichen.

Diese Ringe, die sie an den Fingern tragen, allesamt besser geeignet für den Kinderfasching, stimmen nicht nur Halbwüchsige nachdenklich. Oh Gott, ja, Sie haben recht, die Armkettchen. Aus Gold selbstverständlich. Auch wenn der Betreffende von Beruf Uhrmacher ist, wird er mit einem dieser grobgliedrigen Goldketterl seine nicht vorhandene Bärenpranke schmücken.

Da scheint ein Zusammenhang zu bestehen: Je haariger sie sind, desto mehr Gold muß sich in den diversen Büscheln verhängen. Wenn die Haare schwarz sind und auf der Vorderseite bis über die Schlüsselbeine hinauf wachsen, sind durchschnittlich drei Hemdknöpfe offen, egal wie tief die Außentemperaturen sein mögen. Selbstverständlich sind wir beim Tier-Mann angelangt. Niemals wär so einer, auch nicht durch den dazugehörenden Pelzmantel, dazu zu bewegen, den eigenen Pelz zu verdecken.

Ja, genau, im Sommer tragen die dann die Hawaiihemden, schon seit der Zeit, als die noch gar nicht modern waren. Zu einem etwas weiter geschnittenen Hawaiihemd tragen sie enge Hosen aus einen Material, aus dem Bundesheer-Sommerzelte hergestellt sind.

Diese Beinkleider erregen beim Betrachter den Verdacht, daß sie in erster Linie als Podexbegrenzungen respektive Former desselben herhalten müssen.

Und die Muskelprotze. Die habe ich, obwohl sie die vulgärsten sind, schon beinahe wieder gern. Am lustigsten sind die, die sich mental als solche gerieren, ihre Körpersprache danach richten und ausschauen wie das tapfere Schneiderlein.

Im Prinzip kann man über keinen etwas sagen, solange man ihn nicht mit dem eigenen Auto aus einer Parklücke hat herausfahren sehen. Den Pullundertyp, zum Beispiel, sehe ich sachte vor- und zurückfahren, der schaut lieber zehnmal, nicht wegen der Fußgänger, nur wegen des Autos. Er behandelt sein Auto mit der selben Courtoisie, die er in seinen Träumen Madonna zudenkt.

Das größte Problem haben sie, wenn sie erst im Erwachsenenalter fehlsichtig werden. Da gehen sie ins Geschäft und kaufen zu Tausenden die immer gleiche Art von Brillen. Wenn ich diesen brachialen Bügel, der die beiden Einfassungen verbindet, nur sehe. Man möchte meinen, daß ihr Augenlicht noch dazu im Stande wäre, wenigstens einen Unterschied zwischen einem Kugelschädel und einem Pferdekopf auszumachen. Aber nein, egal wer und welchen Alters, sie haben einen Querbügel, es sei denn, es handle sich um einen Intellektuellen, der selbstverständlich keinen Querbügel trägt. Der Intellektuelle unterstreicht sein geistvolles Dasein über knittrigen Leinenhosen und strapazfähigem Sakko mit Gold- oder Silberfassung.

Unterwäsche ist eine der Grundfragen, obwohl man sie nur selten zu Gesicht bekommt. Typen mit

Tangaslips tragen unter Garantie T-Shirts mit weit ausgeschnittenen Armlöchern zum Vorzeigen der meist nicht in idealem Maß vorhandenen Muskeln. Sogar wenn letztere in optimaler Qualität und Quantität ausgestellt werden, wirken diese Leibchen als Möchte-gern-Signale.
Peinlich.
Schau, der, der weiß, was er tut: Dem sieht man nicht an, daß er seine Haare eine halbe Stunde mit dem Fön malträtiert hat. Wenn der seine Freundin nicht *Alte* nennen würde, wäre ich glatt bereit, sein Wunderbaum-Aftershave zu ignorieren.

Ich hatte nicht vor, solche Geschäfts-Festivitäten oft mitzumachen: Martins Firma veranstaltete eine Art Betriebsfest. Bei einem exquisiten Diner im Scandic Crown Hotel feierte man, daß eine Werbeagentur eine Künstlerin gefunden hatte, deren Aufgabe es gewesen war, das Firmenlogo neu zu gestalten. Das alte war ebenfalls von einem Künstler entworfen. Es war nicht mehr zeitgemäß, ein Relikt der Fünfziger Jahre. Das neue Logo war ideal: Mit seinen abstrakten Zacken zeigt es zuversichtlich in die — unnötig es zu sagen — rosige Zukunft des Unternehmens und mit dem breiten, beinahe erdig-wirkenden Stumpf nach unten verwies es auf die Tradition der Firma, sagte Martins Vorgesetzter in seiner Tischrede.
Die Gespreiztheit, die das Abendessen beschwert hat, solange die Seniorchefitäten da waren, ist mit ihrem Abgang verflogen. Gestern hast du ausnahmsweise was versäumt, erzählte Martin beim Frühstück.

Die Stimmung sackte nicht durch bis vier Uhr. Um zwölf machten die ihre Nobelherberge dicht. Mayer schlug vor, noch ins Filou zu gehen. Das war voll. Da sagte Franz, Dann gehen wir halt ins Night Fever.
Das ist doch ein Puff?
Nein. Was du wieder denkst. Ein — Animierlokal. Da kann man auch nur ein Bier trinken. Auf alle Fälle war es sehr lustig. Die äh — wie heißt sie gleich wieder — du weißt schon, die Künstlerin, die Frau von dem — Mein Gott, wie heißt der denn gleich wieder? Ist ja egal. Die hat sich auch sehr gut amüsiert.

Als ich sagte, daß ich dahin nicht mitgegangen wäre, meinte Martin, Davon gehe ich aus, du verweigerst ja auch das Scandic Crown.

Ich nahm mir vor, seine Geschäftsessen nicht mehr mitzumachen. Er reüssierte auch ohne mich. Im Schnitt war er jeden Monat eine Woche weg. Ich saß in Innsbruck und dachte über das Kinderkriegen nach, während er Geld verdiente. Wir wohnten schon ein Jahr in der neuen Wohnung, wo ich die schlechte Gewohnheit angenommen hatte, ihm hin und wieder hausfraulich seine Hosen und Jacketts aufzuhängen. Als ich seine Lieblingsjean für ihren Erhaltungszustand etwas zu sorgfältig behandelte, sie also über einen Kleiderbügel hängte, als ob sie eine Bügelfalte hätte, fiel ein einzelner Schlüssel ohne Anhänger aus der Gesäßtasche. Ich legte ihn auf das Fensterbrett und räumte T-Shirts und Pullover in den Kasten.

Einige Tage danach erlebte meine Hausfraulichkeit einen weiteren Höhepunkt. Ich nahm die Vorhänge ab, um sie zu waschen. Dabei kam der Schlüssel wieder zum Vorschein. Diesmal betrachtete ich ihn genauer. Er mußte zu irgendeinem Kämmerchen in Martins

Büro gehören. Ich hatte die Absicht, den Schlüssel in ordentlicher Hausfrauenmanier dorthin zu legen, wohin er gehörte, nämlich in einen der beiden Leder-Bürokoffer, von denen einer immer zu Hause stand. Martin hatte in diesen mir widerwärtigen Koffern die Ordnung, um die ich ihn beneidete, insbesondere wenn ich gerade nach irgendeinem kleinen Zettel auf oder in oder unter meinem Schreibtisch suchte. Gegen Manager-Koffer habe ich bereits in jugendlichen Jahren ein Vorurteil gefaßt, das mich mein Leben lang zwingen wird, in meinen Taschen enervierend lang und oft erfolglos herumzuwühlen, bis ich den benötigten Kugelschreiber oder die Schlüssel finde. Martins penibel eingeräumter Koffer zeigte eine Abweichung vom üblichen Bild: Ein fransig aus einem Notizblock abgerissener Zettel, auf zwei mal zwei Zentimeter zusammengefaltet, lag irritierend uneingeklemmt oder sonstwie geordnet da. Bis heute weiß ich nicht warum und wie: Ich hatte ihn auseinandergefaltet in der Hand und stellte fest, daß es kein Zettel, sondern ein Brief oder mehr eine Nachricht war: *Ich hoffe, du kommst bald wieder. Ich vermisse dich. Doris.*

Trotz der Kargheit des Textes wurde meine Phantasie immens beflügelt. Der Schlüssel! Der paßte in ein Zylinderschloß. Wo gibt es Zylinderschlösser? Bei Cheftoiletten? Mein mich in Fortpflanzungsfragen enttäuschendes analytisches Denkvermögen meldete sich, begleitet von einer Sherlock Holmes in den Schatten stellenden Kombinationsgabe, wieder zur Stelle.

Dadurch wurde ein lange nicht verspürtes Quantum an Energie frei, mit dem ich Martin, wäre er nicht gerade wieder auf Geschäftsreise in irgendwo, bei Doris oder wem auch immer gewesen, konfrontiert hätte. In Ermangelung dieser Möglichkeit, mich abzureagieren, setzte ich mich an den Computer. Zuerst schrieb ich einen Brief mit der Anrede *Mein sehr Verehrter!* 41789 Zeichen brauchte ich, um Martin meine Schlußfolgerungen, Überlegungen und meine Einschätzungen auseinanderzusetzen. Den Brief druckte ich nicht einmal aus. Eine Müdigkeit überkam mich, die meine geistige Beweglichkeit partiell beflügelte und partiell lähmte. Ich schrieb auf, was mir durch den Kopf ging, was mir einfiel, woran ich mich erinnerte. Ich machte Kassensturz.

Bestandsaufnahme

I

Ich bin ein Mensch, der seinen Lebenssinn darin sieht, immer wieder einmal sexuell stimuliert zu sein.

Das bedeutet für mich, daß ich immer wieder einmal mit einer anderen Frau ins Bett muß. Ich weigere mich, mich deswegen als Schwein bezeichnen zu lassen. Das hat mit Moral nicht das Geringste zu tun. Gar nichts.

Wenn meine Frau mit einem anderen ins Bett geht, dann ist meine einzige Bedingung, daß ich das nicht weiß. Sie kann machen, was sie will, aber ich will nichts wissen darüber.

Du möchtest also die Illusion, daß deine Frau wirklich dir gehört, aufrechterhalten, auch wenn du weißt, daß sie tut, was sie will?

Nein, was ich meine ist: Es ist für mich, auch wenn ich mit anderen ins Bett gehe, ganz klar, daß die Partnerschaft mit meiner Frau das Wichtigste ist, meine außerehelichen — wie soll ich das nennen? Abenteuer — also meine anderen sexuellen Kontakte meine Ehe nicht im geringsten beeinflussen. Meine Frau weiß, wie ich über solche Sachen denke.

Weiß deine Frau, daß du ins Pornokino gehst, hin und wieder in ein Puff und auch mit anderen Frauen, meist verheirateten, nehme ich an, sexuell verkehrst?

Nein, das weiß sie nicht, das heißt, sie weiß insofern darüber, als sie weiß, daß ich nichts gegen das Ausleben der Sexualität einzuwenden habe. Ich sag ihr natürlich nicht, daß ich nicht zu Hause sein kann, weil ich ins Puff gehe.

Denkst du, daß du deiner Frau etwas wegnimmst, wenn du ins Puff gehst?

Was sollte ich ihr wegnehmen? Sie bekommt — hoffentlich — alles, was sie von mir erwartet, auf allen Ebenen. Sie muß halt akzeptieren, daß es das für mich nicht geben kann, immer nur mit ihr. Aber das hat gar nichts mit ihr zu tun. Ich würde es mit keiner Frau als der einzigen Frau aushalten.

Ich würde es mit keiner Frau als meiner einzigen lebenslang aushalten.

Hast du ihr das einmal so gesagt?

Spinnst? Nein. Da würde sie ja davonrennen.

Wieso?

Ja, weil sie natürlich eine Beziehung will, in der alles streng monogam abläuft. Sie sagt, sie will alles wissen, von mir ernstgenommen werden und den ganzen Schmus. Ja, und was ist dann, wenn ich ehrlich bin, dann haut sie ab. Auf Wiederschaun, nein, auf Nim-

merwiederschaun. Sie muß endlich akzeptieren, daß ich da nicht mitspiele.
Müßtest du demgemäß nicht auch akzeptieren, daß sie ihre Standards hat? Wenn sie deine Forderungen akzeptieren soll, dann müßtest du auch ihre Forderungen akzeptieren?
Das geht nicht, schließt einander aus. Wenn ich ihre Regeln akzeptiere, gehe ich mit meinen Vorstellungen brausen, wenn hingegen sie — ohne es zu wissen und ohne etwas zu vermissen — meine akzeptiert, ist alles bestens.
Sie hat dir gesagt, sie haut ab, wenn du ihre Forderungen nicht erfüllst.
Ich erfülle sie ja.

II

Das Damenklo ist neben dem Männerklo. Der Vorraum dieses Damenklos ist nicht von der eigentlichen Toilette durch eine Tür getrennt. Deshalb steht man als *Dame* draußen vor der Tür und wartet, bis von drinnen das erlösende Rauschen nach außen dringt. Pissoir und Herrentoilette sind voneinander durch eine Tür getrennt, obwohl die Männer es gewöhnt sind, einander auf das Geschlechtsteil zu schauen.

Dafür sind von der Damen- zur Herren-, oder von der Herren- zur Damentoilette, einige kleine Löcher gebohrt. Kniet man halb auf dem Fliesenboden, so daß man beinahe mit der Wange die Klobrille streift, dann sieht man einen Minimalausschnitt der jeweils anderen Toilette, respektive der darin befindlichen Person. Man könnte zum Beispiel einen Quadratzentimeter eines Oberschenkels sehen, oder das selbe Ausmaß des Hosenstoffes, vielleicht einen Minimalteil Hintern oder gar die Anzahl Schamhaare, die einem Quadratzentimeter Scham entsprießen.

Da ein Loch sozusagen automatisch wie ein Weitwinkel funktioniert, dürften mehr Schamhaare als die einem Quadratzentimeter entsprießenden zu sehen sein.

Das hängt davon ab, wie weit weg vom Loch auf der einen Seite das Auge und auf der anderen die betreffenden Haare sind. Je weiter weg, desto mehr Haare; das gilt auch für Hosenstoff und Schenkeloberfläche.

Ist die Damentoilette besetzt, wartet man draußen und sieht, wie die Männer gleich zu mehrt ins Pissoir strömen, immer wieder geht einer hinein und einer heraus. Sie machen die Tür nie ganz zu. Man sieht ihre Gesichter in den Spiegeln, die in Augenhöhe angebracht sind. Manche betrachten sich selber, schauen sich in die Augen, konzentriert wie beim Rasieren. Andere schielen mit Hilfe des Spiegels nach der Wartenden und überprüfen, ob *sie* wohl herschaut. Letzthin sah ich einen, der, sobald er bereit war, d.h. die Richtung gepeilt hatte, die Augen schloß, den Kopf in den Nacken legte und sein Gesicht entspannte. Die Falten um die Augen verschwanden, man sah ein viel jüngeres Gesicht unter dem üblichen hervortreten.

Sie machen den Gürtel nicht auf, nesteln am Reißverschluß herum, ziehen den Zip hinunter, ziehen darunter die Unterhose nach unten, denn heutzutage tragen nur doch die wenigsten Unterhosen mit verdeckter Öffnung, obwohl der gebauschte Stoff Größeres vermuten ließe, holen dann ihr labbriges Zentrum heraus und passen in der Folge auf, daß sie sich nicht benetzen.

Ab dem Zeitpunkt, von dem an sie nicht mehr gemeinsam mit der Mami das Damenklo benützen und sich in einem eigenen Reich abgrenzen, vergleichen sie ihr zentrales Organ mit dem der anderen, die ebenso penetrant unauffällig auf besagte Stelle beim Neuankömmling starren. Sieht einer, daß ein anderer zuschaut, so tut der Schwellkörper das, was sein Name von ihm erwarten läßt. Forsche Gesellen helfen diesem Zustand auf der Stelle vor anderen Inhabern solcher barbapapaartigen Körperteile ab. Andere gehen in die Abteilungen des Klos, in denen man weniger genauer Überwachung ausgesetzt ist. Die dritte Gruppe läßt es gut sein und geht wieder in die Gaststube. In öffentlichen Klos werden Glühbirnen herausgedreht, bei Neonröhren ein düsterer Winkel gesucht, dort kann es vorkommen, daß sich zwei ihrer jeweils fremden zentralen Körperregion annehmen.

Wenn in einem Pissoir drei Muscheln sind, stellt sich der erste an die im Innersten des Raumes befindliche, der Zweite stellt sich an die äußerste. Sollte ein Dritter kommen, schaut er zuerst, ob die eigentliche Toilette frei ist. Findet er die Tür offen, geht er hinein und erleichtert sich dort sprudelnd.

Ist sie besetzt, weil schon ein Dritter da war, so muß der nunmehrige Dritte, der eigentlich der Vierte ist, sich an die mittlere Muschel stellen, was von ihm selber und den beiden anderen als zu nahe empfunden wird.

Oder er wartet, bis die anderen fertig sind, was die Situation nicht unbedingt entspannt. Nummer eins und zwei fühlen sich beobachtet.

In manchen Toiletteanlagen ist immer eine besetzt, seltsamerweise die mittlere, wenn drei Toiletten da sind. Dort sitzt jemand und schaut durch die Löcher nach links und rechts.

III

Egal welcher Mann schaut auf der Straße egal welcher Frau nach. Was er sieht, läßt ihn kalt.

Weil er vor sich schöne, lange Beine sieht und vielleicht als Draufgabe einen interessanten Hintern, redet er sich ein, daß sich sein Ding versteift. Doch es ist das Loch zwischen den Beinen der Frau, das seine Phantasie beflügelt. Das will er füllen, sich am Rand reiben.

Zu beachten ist, daß der Penis gewaschen werden muß, wenn man im Anschluß an Analverkehr Vaginalverkehr durchzuführen gedenkt. Im Falle des Zuwiderhandelns handelt sich die Inhaberin der Vagina unter Umständen häßliche Gewächse ein. Handelt es sich bei *Inhaberin der Vagina* um eine Überbestimmung? Wie die vermeiden? *Inhaber der?*

Was Männer außer dem Loch in Frauen suchen, ist Liebe, Verständnis, Zärtlichkeit, Zuhörerschaft. Das alles wollen sie nicht von *einer* Frau.

In erster Linie muß eine vorhanden sein, die sich der Bedürfnisbefriedigung des sich versteifenden Körperteils, dem — wie gesagt — eine Wichtigkeit zuerkannt wird, die die von Lunge und Herz in den Schatten stellt, widmet. Sie wird gemäß dem Gebot *Der Mensch soll keine Löcher haben* behandelt, man füllt sie aus und fühlt sich wohl in dem Bewußtsein, das Defizit der Frau zwischen den Beinen zumindest kurzzeitig behoben zu haben.

Dann gibt es die Frauen im Leben eines jeden Mannes, die den Rest der Bedürfnisse abdecken.

Frauenbeine müssen lang sein, weil sie das Defizit der Frau optisch vergrößern. Je tiefer das zu füllende Loch erscheint, desto größer ist sein Sieg. Schaut er von der Ferse, an der Innenseite ihrer Beine entlang hinauf zu ihrem Loch, erscheint dasselbe tiefer, je weiter die Ferse vom eigentlichen Loch, in das man unter normalen Umständen gar nicht schauen kann, entfernt ist.

Verkürzte Achillessehnen sind die Folge, da man via Stöckelschuh auf bis zu zehn Zentimeter mehr kommen kann. Die Beine haben schlank zu sein, denn bei stämmigen oder gar fleischigen Beinen ist die geradlinige Sicht auf das Loch nicht möglich. Die Kurve von den Fesseln zum dicksten Punkt der Wade, dann das Knie, in dessen Beuge sich ein Grübchen abzeichnet, das nicht gesehen werden will, dann ausladende Schenkel, die unter Umständen einander berühren und so kein Licht auf die Essenz der Frau fallen lassen.

IV

Es ist ein Geschäft zwischen zwei erwachsenen Menschen. Es betrifft nur die beiden. Wenn sie aus freien Stücken einander Freude bereiten wollen, geht das niemanden etwas an. Sie hat meinetwegen nur beim Einzahlen der Scheine phasenversetzt eine Freude, er gleich, aber sie wird sich, während er sich freut, schon drauf freuen, sich auch bald wirklich freuen zu können.

Es ist nicht einzusehen, wieso es verwerflich sein sollte, wenn er sich ihrer als Objekt bedient. Frauen müssen lernen, sich auch der Männer als Objekte zu bedienen, müssen klar machen, daß es eine Nachfrage gibt, die bedingt, daß auch Männer sich leicht eine goldene Nase verdienen können, dann ist Gleichheit gewährleistet.

Pornographie beschreibt Phantasie (und Realität?). Die rein phantastische Komponente wird ins Treffen geführt, wenn ein Pornoliebhaber sein Steckenpferd verteidigt. Eine reale Komponente wird in Abrede gestellt.

Angenommen Pornos beschrieben Herrschaftsverhältnisse, wäre auch der Wunsch nach dieser Hierarchie rein phantastisch, würde sie nicht wirklich gewollt?

Der Porno hilft nur beim Befriedigen der sexuellen Phantasie, die nichts mit der Realität zu tun hat. Auf die Frage, weshalb die Annahme, daß Pornographie ein Symptom der allgemeinen Verfahrenheit des Karrens, eine Reduktion der gesellschaftlichen Verhältnisse darstellt, daß Pornokonsumenten sich Lust verschaffen, wenn sie sich diese Verhältnisse vor Augen führen, falsch ist, wird geschwiegen.

Wenn ich mir ein Pornoheft anschaue, stört mich die Visualität des Dargestellten nicht, auch wenn Frauen und Männer ziemlich häßlich sind oder sonst was nicht stimmt. In meiner Phantasie sind sie so, daß es mich erregt. Ich kann außerdem in Ruhe auswählen, welche Bilder ich sehen will, kann es zumachen oder auch immer nur eine bestimmte Stelle aufschlagen.

V

Ich hab das Gefühl, ich red mit einem Pfarrer, wenn ich mit Frauen über das alles rede. Sie wollen verbieten, was das Leben angenehm macht. Können mir doch nicht einreden, daß ihnen die Filme und Bilder keinen Spaß machen. Wenn es ihnen wirklich keinen

Spaß macht, dann sind sie arm dran, aber gegen die Theorie hab ich was. Frauen sind doch genauso geil, wenn nicht, dann haben sie halt eine Störung, sollen zum Psychiater.

Ich bin wie die Frauen gegen diese Palmers-Plakate. Aber aus einem anderen Grund, nicht daß ich wüßte, weshalb Frauen das nicht mögen, wissens wahrscheinlich selber nicht, hab noch nie eine gescheite Antwort bekommen. Ich bin dagegen, weil ich zum Beispiel im Auto auf dem Weg zu einer Besprechung sein und nicht hingehen könnte. Das heißt nur mit einer Verspätung, weil ich zuvor noch in ein öffentliches Klo müßte oder —

VI

Sie ging spazieren und fühlte sich wohl, allein in der Sonne. Sie wußte nicht, daß er schon geraume Zeit hinter ihr her war, nur darauf wartete, daß sie weiter hinaus aus dem Ort ging, den Bach entlang und sich ans Ufer setzte. Sie ging und ging, war in Gedanken versunken, merkte nicht, daß er ihr folgte. Nur in entgegengesetzter Richtung kamen ihnen manchmal Leute entgegen, auf dem Weg nach Hause, zum Abendessen. Die Sonne war schon halb hinter dem Hügel verschwunden, als er sich auf sie stürzte, sie brutal zu Boden warf und stammelte *Du bist so schön, seit Jahren versuche ich dich zu erwischen, ich liebe dich* und dann vergewaltigte er sie.

Sie blieb betäubt liegen, er setzte sich neben sie auf den Boden, streichelte, küßte sie und sagte ihr immer wieder, daß er sie liebe. Er war stark, nahm sie in seine Arme und weinte. Ob sie ihm verzeihen könne, er hätte das nur getan, weil er sie so sehr liebte. Sie zeigte ihn nicht an, sagte, ich liebe dich auch, wie heißt du eigentlich, wir müssen einander kennenlernen. Sie war glücklich, sie hatte die ganze Zeit auf einen wie ihn gewartet.

Frauen mögen keine Pornographie. Sie lesen gern Geschichten über die Liebe, über Vergewaltigungen, über Bekanntschaften, die für eine Nacht ins Leben der Frau schneien und sich wieder verflüchtigen, bedauernd, aber die Frau hat schon einen Besseren. Sie hat in dieser Nacht nur feststellen wollen, um wieviel besser der Fixstarter ist. Sie schaut gern Bilder an. Die Nachfrage besteht nach nicht völlig entkleideten, nicht unbedingt muskelbepackten Männern, nach nackten Paaren, nicht nach kopulierenden Individuen.

VII

Was hat sie denn gelesen? Keine Ahnung, seine Geschichten, wie er sich die Zeit vertrieben hat, während sie zu Hause. Die Kinder. Sie hat nie vorher dran gedacht, daß sie das lesen könnte, wär ihr nie in den Sinn gekommen. Was würde ich lesen, wenn ich es läse? Würde ich mir selber vorgestellt werden, würde er sich vorstellen? Bekanntes/Unbekanntes?

Have you read my diary?

No.

I would.

Sie hat gelesen, daß er andere Frauen. Das hat sie aber gewußt. Hat sie gewußt und nichts gesagt. Dann gelesen, ihr Wissen war soweit fortgeschritten, daß sie nicht mehr an sich halten konnte. Er hat gemerkt, daß sie gelesen hat. Sie hat nichts gekocht, war nicht dazu zu bewegen was zu kochen. Hatte sich bisher, obwohl sie wußte, nie geweigert zu kochen und nun nicht einmal Nudelsuppe. Sie hat gewußt, daß er in die Stadt fährt und dort Frauen trifft. Hat gewußt, daß er sich Frauen sucht. Als die letzte heiratete, war er traurig. Alle heiraten und ich. Du hast auch geheiratet.

Wieso hat sie früher nichts gesagt? Sie hat es nicht gewußt. Wußte von gar nichts. Hat das nicht. Er hat es ihr erklärt, dann hat sie es gewußt. Er hat nie was gesagt.

Merkt ihr keiner an, daß sie es weiß. Vielleicht weiß sie es gar nicht. Er hat es ihr in den Weg gelegt, sie sollte es lesen, damit sie aufhört mit allem. Er hat es versteckt, sie hat gesucht, wochenlang, in allen Fächern.

Sie hat seine Hose auf den Bügel gehängt. Aus der Gesäßtasche ist ein Schlüssel gefallen. Er lag vor ihr auf dem Boden. Sie wußte, daß der Schlüssel nicht für sie bestimmt war, daß er zu einer ihr verbotenen Tür gehörte. Öffnete sie die Tür, gäbe es keinen Weg zurück. Sie legte den Schlüssel weg. Wäre die Tür bei seiner Rückkehr offen, müßte sie gehen.

Ich hab den Zettel gelesen. Wieso? Ich hab den Zettel gelesen.

Ich hab das Heft liegen sehen, hab es noch nie gesehen, hab mir gedacht, was hat er denn da, und da wars schon offen, wollt gar nichts lesen, wie ich bemerkt hab, daß das privat ist, dann ist aber dieser Name. Sie wissen, wenn man eine Seite anschaut und nichts wahrnimmt außer Namen, die sich wiederholen.

Wo hast du sie kennengelernt? Wie oft hast du sie gesehen? Wo habt ihr euch gesehen? Hier? Wie alt ist sie? Wie lange geht das schon? Wieso hast du mir nichts gesagt? Was glaubst du, soll ich jetzt machen?

Sie las seine Sachen nie. Sie konnte nicht ertragen, was er dachte. Wollte nicht wissen, was er schrieb, sonst konnte sie nicht mehr mit ihm frühstücken. Sie würde in die Abwasch kotzen müssen.

Zu Beginn hat er ihre Briefe schon auf der Stiege aufgerissen. Als die immer gleich liebenswürdige Anrede einen Geschmack nach Gemisch von Dolcelatte und Mandarinensaft hervorrief, öffnete er sie immer erst am Abend und trank schnell ein Bier.

Muß mit dir reden, ich kann erst am Wochenende. Da werd ich nicht mehr hier sein. Nein, du hast recht, ich werde hier sein, aber du wirst nicht herein können. Du wirst ausziehen. Morgen. Jetzt reg dich doch nicht so auf. Was ist denn schon.

Ich träume nach Jahren immer noch von dir. Nichts Schlimmes. Ich seh deine übereinandergeschlagenen Beine und bin am nächsten Tag melancholisch. Kann mich nur selber. Meine Frau. Sie weiß und weiß nichts. Frag mich, wie sie das macht.

Sie wußte, daß sie den Zettel nicht lesen durfte, wenn sie retten wollte, was zu retten war. Sie beschloß, den Zettel zusammengefaltet zu lassen und zu beobachten, wie er dreinschauen würde, wenn er den Zettel auf dem Schreibtisch fände.

Der Zettel lag auf dem Schreibtisch. Sie hatte ihn eine Stunde lang völlig vergessen gehabt, hatte aufgeräumt, war einkaufen gegangen, dann — sie konnte sich nicht erinnern, wie sie an den Schreibtisch gekommen war — hatte sie ihn plötzlich auseinandergefaltet in der Hand. Sie spürte ihr Herz im Hals klopfen. Sie faltete den Zettel wieder zusammen, legte ihn zurück auf den Schreibtisch. Er war im Büro, auf Reisen.

VIII

Das Höchste ist der Stolz, das Niederste ist die Frau, soll der Lagerarbeiter Rudolf B. (25) zu seinem Freund Paul C. (21) gesagt haben. Da zieht es einem ja die Schuhe aus, sagte dazu Staatsanwalt Wolfgang N. zu den Geschworenen, vor denen sich B. und C. gestern am Wiener Landesgericht verantworten mußten. Die beiden hatten am 12. Oktober 1988 in einem Wiener Sexklub die dreißigjährige Susanne K. überfallen und ermordet. Die Angeklagten gaben zwar zu, sie wollten ihr Opfer ausrauben, bestritten aber jede Mordabsicht. Das Niedrigste seien nicht Frauen, auch nicht die Prostituierte K., sondern die Gesinnung der Täter, stellte N. zu Beginn fest. Die Angeklagten seien dem psychologischen Gutachten zufolge als aggressiv und egoistisch einzustufen. Beide hätten seltsame Neigungen: B. für Waffen aller Art, C. für sexuelle Perversionen.

Die Angeklagten beschuldigten sich gegenseitig: B. behauptete, er sei an jenem Abend nur aus falschverstandener Freundschaft mitgegangen. C. habe der Frau im Sexklub 2000 Schilling gegeben und sei mit ihr im Séparée verschwunden, um sie dort mit einem Gummiknüppel niederzuschlagen. Doch C. traute sich nicht und beide verließen den Klub, um gleich darauf zurückzukehren. Während C. vorgab, seine Uhr zu suchen, knüppelte B. die Frau nieder. Als sie schrie, habe er aus Verwirrung und in Überreaktion mit seinem Messer zugestochen. Der Schnitt am Hals sei aber nur passiert, weil er mit dem Messer am Hals angestreift sei.

Das klingt ja so, als ob die Kehle nur zufällig durchschnitten wurde, wandte die Vorsitzende Doris

T. ein. Mit Verteidiger Farid R. demonstrierte B. daraufhin seine Version des Tathergangs. C. widersprach dieser Schilderung. B. habe wie wild auf das Opfer eingestochen.

IX

Auf dem Photo, das einer Schnellentwicklerkamera entstammte, sah man eine Frau. In ihren Vierzigern. Nackt auf einem Bett mit geblümter Wäsche. Sie imitierte die Frauen, die sich mit Spitzen und Stiefeln auf Satinunterlagen rekeln. Ihre Schenkel waren dick und hatten blaue Ringe, ihr Schamhaar war dürftig. Stellenweise, zum Beispiel bei den Schultern ließe sich ihr Körper mit Konfektionsgröße 42 bedienen, Brust und Hüften brauchten 44 bis 46.

Das Photo wirkte schockierend obszön: Gleichzeitig wollte sie sich davon abwenden und es genauer sehen. Zu unscharf, man sollte nicht mit Sofortentwicklerkameras arbeiten. Andererseits waren solche Kameras gerade für diese Art von Bildern unerläßlich, beim Abholen im Photogeschäft würde einen der Verkäufer von der Seite her anschauen oder die Polizei würde einen hopsnehmen.

Diese grob gerastert wirkenden Photos hatte sie schon einmal gesehen, sie hatte Angst gehabt, daran erinnerte sie sich genau. Hatte die Lade sofort wieder zugemacht und war aus dem Zimmer gegangen. Dachte nicht mehr daran.

Der Vater hatte sie nach oben geschickt, um ihm seine Uhr zu holen. Sie lag auf dem Nachtkästchen, später würde sie sagen, daß sie sie zuerst nicht gefunden hat, denn sie schaute hastig die Photos durch. Diese ordinär wirkende mittelalterliche Frau auf einem Bett mit geblümter Bettwäsche war nicht ihre Mutter, stellte sie mit Erleichterung fest. Jahre später fragte sie sich, ob die Sache nicht mehr nach ihrem Geschmack gewesen wäre, wenn die Dargestellte die Mutter gewesen wäre.

Die dicken Schenkel geöffnet, ihre bemalten, kurzen Fingernägel lagen nahe dem Loch. Sie machte einen starren Eindruck, gar nicht so, daß man glaubte, sie würde ihn nach dem Klick hineinstecken, vor ihm.

Sie war am Nachmittag aus der Schule gekommen. Aufregung im Haus. Vater und Mutter stritten, redeten über den neuen Nachbarn. Vater wollte nicht, daß die Mutter mit dem so viel zu tun hatte. Mutter sagte, daß sie gar nicht soviel mit dem zu tun hat, wie Vater glaubt. Vater fragte: Und was war das, heute morgen, als ich ins Zimmer kam? Die Mutter sagte Nichts. Sie fragte, Mami, was ist denn los? Mami sagte Nichts.

In seinem Nachtkästchen hatte sie dieses Buch nicht gefunden, es war unter der Wäsche im Wohnzimmerschrank. Ein rot eingebundenes Buch, dessen Titel sie nicht verstand. Als sie es aufschlug, fand sie Zeichnungen, keinen Text, nur Bildunterschriften. Ungefähr alle zwanzig oder dreißig Seiten gab es eine Zeichnung oder ein Schwarz-weiß-Photo.

An eines konnte sie sich erinnern: Die Seite war viergeteilt, eine Folge von vier Bildern, eine Frau kniete halb unter dem Schreibtisch auf dem Boden, sie war nackt. Ein Mann saß auf einem Bürostuhl. Das erste Bild zeigte ihre Hand an seinem Hosenschlitz. Er hatte einen *Waterman* in der Hand. Auf dem zweiten Bild hatte er sich bereits in den Lederstuhl zurückgelehnt, der Kugelschreiber lag auf der Schreibtischplatte, der Mann im Anzug schaute auf die nackte Frau hinunter, die sein Geschlechtsteil herausgenommen hatte.

Damals waren weite Hosen modern, nur ein kleines Stückchen schaute heraus. Auf dem nächsten Bild hatte die Frau den nun riesigen Penis in den Mund genommen. Das gefiel ihr, sie hatte die Augen halb verdreht, der Mann hatte die Augen geschlossen, überließ sich ihr.

Das letzte Bild zeigte die Frau bäuchlings auf den Schreibtisch liegend, der Mann stand hinter ihr, hatte die Hose in vielen Falten um seine Knie hängen.

X

Die Kuh stand im Stand, vorne festgezurrt. Der Stier kam. Er schnupperte an ihrem After herum. Man ließ ihm Zeit. Er hatte keine Lust. Die Kuh wurde wieder an den Traktor gebunden und nach Hause gebracht. Der Tierarzt kam. Er erledigte, wozu der Stier nicht zu bewegen gewesen war.

Stuten werden zur Besamung in einen engen Stand geführt, dann werden ihnen die Hinterbeine mit Kälberstricken zusammengebunden. Erst jetzt kommt der Hengst und läßt sein Genital gleich einem Zoom ausfahren.

XI

Sie hatte Wasser in das Becken gelassen, wollte sich darin abkühlen, schwimmen hatte sie in diesem Bassin nur als Baby können. In der prallen Sonne liegend war sie einer Ohnmacht nahe, im Bassin schwammen diese violett-grünlich schillernden Käfer. Teils waren sie schon ertrunken, andere bewegten sich noch. Nachdem sie aus dem rettenden Sieb auf das Pflaster geschleudert worden waren, krabbelte ein männlicher auf die ihm am nächsten liegende weibliche Käferleiche zu und begattete sie in strahlendem Sonnenschein.

XII

Ich spreche von naturbedingten Gegebenheiten, ich sehe die Frau in ihrer Natur und nicht in ihrem durch Züchtigung vervollkommneten Zustand. Die Erziehung verdeckt die darunterliegenden schlechten Eigenschaften, besänftigt die Bestie; die andauernde Zucht, die Gewöhnung während Generationen verwandelt sie langsam. Man muß jedoch wissen, mit welcher Art Tier man es zu tun hat, wenn man es zu zähmen hat.

XIII

Sie hätte ihn nicht in den Mund nehmen sollen, nicht in den Mund. Alles kann er verzeihen, aber irgendwo muß die Toleranz ein Ende haben. Nur unten, darüber ließe sich reden.

Sie hat ihn berührt. Ist mit der Wange ganz nahe gekommen, er hätte nur hingreifen müssen, dann wäre es passiert. Sie hat ihn geliebt, hat ihm ein anderes Wort gesagt; ich hab dich sehr gern. Sie hat ihn nicht berührt, würde sowas nie tun.

Wie er darauf komme.

Es hat ihr Spaß gemacht. Sie hieß Lulu. Mit ihm hatte es ihr Spaß gemacht, er war der erste in dieser Nacht, mit dem es ihr Spaß gemacht hatte. Das mußt du dir vorstellen. Mit mir.

Es erregte sie, daß er wußte, daß sie einen anderen als seinen in ihren Mund nahm. Er tat ihr leid, sie konnte nichts dagegen tun. Sie wußte, es hätte ihn weniger geschmerzt, wenn sie ihn nicht in den Mund genommen hätte, aber wie hätte sie ihn dazu bringen können, wenn nicht sie den Anfang machte.

Im Bett sind junge Männer gefragt. Am besten solche, die noch keinerlei Erfahrungen gemacht haben. Ihnen darf die Frau zeigen, wie man es macht. Danach werden sie umgebracht.

Der Sechzehnjährige spritzte ab. Das macht nichts. Komm, jetzt. Sie schob seinen Kopf zwischen ihre Beine. Er dachte daran, daß das der Ort war, wo ihre Pisse herauskam. Er roch die Pisse. Nachher mach ichs bei dir.

Mit den Jüngeren ist es besser, weil man denen noch sagen kann, was sie machen sollen. Die Älteren waren schon so oft die Jüngeren gewesen, daß sie zu wissen glauben, wie das gemacht wird.

Ich tu so, als ob ich nichts wüßte.

XIV

Ein grauenhaftes Verbrechen wurde Samstag mittag im Hause Heiligenstädter Straße 137 in Wien-Döbling entdeckt: In ihrer Wohnung lag die 35jährige Christine S. tot auf dem Bett. Die Frau war nackt, die Hände waren auf dem Rücken gefesselt, im Hinterkopf steckte ein Messer. Von dem Täter fehlte bisher noch jede Spur.

Die Lebensgemeinschaft zweier Innsbrucker konnte man nicht gerade als Himmel auf Erden bezeichnen. Da wurde beinahe täglich geohrfeigt, getreten und geschlagen, und zwar von beiden Seiten. Am 5. Juni d. J. gingen dann der 59jährigen Rentnerin Elisabeth T. die Nerven durch.

Nach einem Streit, bei dem sie auch wieder Schläge einstecken mußte, hielt sie ihrem achtzehn Jahre jüngeren Lebensgefährten ein Messer vor. Dieser reagierte darauf mit einer kräftigen Ohrfeige. Doch damit nicht genug. Wieder schlug er sie.

Elisabeth T. griff erneut zum Messer und rammte es ihrem Freund in den Bauch. Zehn Zentimeter drang die Klinge in dessen Bauchhöhle, durchstieß Darm und Milz und kratzte auch noch die Bauchspeicheldrüse an.

Wegen gefährlicher Drohung und schwerer Körperverletzung stand Elisabeth T. gestern am Landesgericht Innsbruck vor Richter Dr. Peter T. Ich hab durchgedreht und zugestochen, stammelte sie unter Tränen. Mittlerweile habe sie sich von ihrem Freund getrennt.

Der Richter verurteilte die Messerstecherin zu einer unbedingten Geldstrafe von 36 000 Schilling sowie zu einer bedingten Haftstrafe von sechs Monaten. Vom Vorwurf der gefährlichen Drohung sprach er sie frei.

Die Beschuldigte hat jahrelang zusammen mit diesem Sandler gehaust. Ihr Leben war von Alkohol und Tätlichkeiten gezeichnet. Als damals der Streit eskalierte, konnte sie gar nichts anderes tun, als dem Grobian zu drohen, begründete er den Freispruch.

Doch mit dem Messerstich war die Frau zu weit gegangen. Sie mußten damit rechnen, daß Sie Ihren Freund lebensgefährlich verletzen, schloß der Richter die Begründung des Schuldspruches wegen schwerer Körperverletzung. Als mildernd wurden jedoch die ständigen Provokationen der Gegenseite gewertet.

Elisabeth T. nahm das Urteil an.

XV

Sie muß eine Mischung aus Überraschung, Angst und doch Lust, ein klares Wollen ausdrücken, dann geht alles in Ordnung. Stellt sie hingegen die Angst zu sehr in den Vordergrund, wird das bisherige Publikum sich enttäuscht anderswohin wenden.

Angst wollen sie nicht erregen. Die Dargestellten können nicht wissen, ob der spätere Betrachter gewalttätig ist oder nicht. Es scheint unsinnig, präventiv den Vorwurf der Gewalttätigkeit an den Betrachter zu richten. Die geringsten Probleme hat man im Fall des kryptischen, diffusen Wollens/Nichtwollens. Die kleine Freche mit den langen Beinen scheint am beliebtesten zu sein, ihr steht der Sinn nach allem und zu jeder Zeit. Klein ist sie nicht in Wirklichkeit.

Sie strahlt eine sogenannte Persönlichkeit aus, in Form eines allzeitbereiten Wollens, das macht sie klein, aber kostbar.

XVI

Er sah sie nicht, wie sie gesehen werden wollten. Sie waren schön in seinen Augen, im Kern der Aussage deckten sie sich: Sie wollte schön sein und er fand sie schön. Sie wünschte sich, er würde den etwas zu kurzen Hals und den kleinen Bauch übersehen. Sie wünschte, er merkte nicht, daß kleine Fältchen ihre Mundwinkel zu verunstalten begannen. Sie phantasierte, er könnte die Schminke nicht wahrnehmen und glauben, daß ihre Augen tatsächlich so groß waren, daß ihr Mund tatsächlich von aufgeworfenen Lippen begrenzt würde. Doch den Gefallen tat er ihr nicht. Er sah, daß der lila Strich zur Begrenzung der Lippen jeweils ein bis zwei Millimeter außerhalb der natürlichen Begrenzung verlief und malte sie so, wie er sie sah. Sie war beleidigt, sie hatte sich solche Mühe gegeben. Er verstand sie nicht. Er fand all diese kleinen Versuche zu betrügen schön. Er liebte Zauberinnen und Gaukler.

Augusta wußte, daß er nach Jahren immer noch an Ada dachte, wenn er sich vorstellte, wie er sich einmal zur Ruhe setzen würde. Sie hoffte, sie würde nicht wie Mechthilde werden, nicht eines Tages im Hochhaus sitzen und sich fragen, wie sie es soweit hatte kommen lassen können. Sich Vorwürfe machen wegen der Nachgiebigkeit, die sie ihm so erstrebenswert hatte werden lassen. Sich schelten, weil sie so dumm gewesen war.

Er hatte Augusta geheiratet. Die beiden waren glücklich. Freilich war Ada seine Angebetete gewesen, was Augusta nicht geben konnte, holte er sich deshalb bei seiner Freundin, die zusammen mit Augusta fast wie Ada war.

XVII

Sie hatte ihm eine schöne Zeit bereitet. Seine Frau wußte nichts davon, durfte nichts wissen, obwohl sie bestens informiert war. Der gesamte Universitätsbetrieb wußte, es wurde allen klar, die begnadete Schöne war seine Freundin. Er zahlte keine vierstelligen Summen, versprach nichts. Er war ein Ehrenmann.

Im Ausland hat er sie kennengelernt. Es hat sich ergeben. Sie hat ihm geschrieben. Hat nicht verstanden, daß Schnaps Schnaps ist.

Oder: Der Ehrenmann hatte nichts versprochen, aber es verstand sich von selbst, daß er sich erkenntlich zeigen würde. Gepflegter Ehemann, gebunden, vierunddreißig Jahre, träumt von einer ebenfalls gebundenen Ehefrau oder Solodame, die mich sexuell befriedigen kann.

Die beiden waren mit einem zeitlichen Abstand von zwei Jahren im selben Puff gewesen und erzählten von der roten Tapete und vom Stiegenaufgang.

XVIII
Ich hab immer gedacht, daß er befriedigt ist, wenn er gespritzt hat. Wenn der Saft, auch wenn ich mich fünf Minuten auf das Bidet gesetzt hatte, in meine schönen, weißen Unterhosen tröpfelte, diese unausstehlichen gelben Flecken zurückließ, die nicht einmal beim Kochen wegzubringen waren, da hab ich gedacht, daß dadurch bewiesen ist, daß er befriedigt war. Wie sollte ich sonst merken, obs ihm gefallen hat. Mich hat er nicht gefragt, ob ich, er hat auch nie was gesagt. Bis er mir dann erzählt hat, daß er hin und wieder nur so tat, als ob er befriedigt wäre. Aber du hast doch abgespritzt, hab ich gesagt. Meistens, aber nicht immer. Ich hab aber immer die Flecken in der Unterhose, den Geruch, weil ich mir manchmal gedacht hab, daß mich die Leute auf der Straße. Manchmal hab ich nur so getan, hab gestöhnt, damit wir aufhören konnten.

XIX
Er bat sie, ihm Briefe nach Triest zu schreiben, die es ihm leichter machten, sich selbst zu befriedigen. Er würde ihr auch schreiben.

Flaubert wollte eine Frau sein. Die schönen Frauen seien nicht dazu da, gevögelt zu werden, sie seien eher dazu da, Statuen zu inspirieren ... Da sagt er, daß er noch nie mit einer Frau wirklich gevögelt habe, daß er jungfräulich sei, daß er aus allen Frauen, die er besaß, nur eine Matratze einer anderen, erträumten Frau gemacht habe.

Geisha, die; in Japan eine in Tanz, Musik, Gesang und gesellschaftlichen Formen berufsmäßig ausgebildete Frau, die meist im Dienst von Unternehmern steht. Sie wird von den Gästen der Teehäuser aus ihren Geisha-Quartieren angefordert. Die Zahl der echten G. ist ständig im Abnehmen.

Liz wußte, daß er sie wegen des Geldes geheiratet hatte. Er klagte die Luftfahrtgesellschaft, weil sie infolge des mißglückten Starts drei Monate nicht in der Lage gewesen war, ihren ehelichen Pflichten nachzukommen. Er war verständnisvoll, sie konnte ihren Vertrag nicht einhalten, weil sie einen Unfall gehabt hatte, aber die Mechaniker der Fluglinie hatten fahrlässig die Koitusfähigkeit seiner Gattin beeinträchtigt.

Was soll das heißen: Die echten G. werden immer weniger?

Ein Mann brauche nicht den Samenerguß, sondern das nervliche Verströmen, und da er, Taine, im Bordell vögle, könne er ohnehin keinerlei Erleichterung verspüren, weil es dazu der Liebe bedürfe, der Ergriffenheit, der Erschütterung bei einem Händedruck.

Der Zuschauer im Pornofilm bleibt der Situation, die er betrachtet, trotzdem auch deswegen fremd, weil er die Kleider anbehält bzw. sich nicht anfassen darf, obwohl sich die Abbildung an ihn richtet. Er/Sie ist verwirrt.

Sie konnte sich nicht dran satt sehen, wenn die Eier in die Muschel plumpsten. Sie zerdrückte die Eier mit dem Hintern.

Die Zündhölzel. Ja, Mai Ling die Zündhölzel.

XX

Der letzte Verdacht, der einem in so einem Fall kommt, ist, daß er/sie schwul/lesbisch ist. Daß er/sie schwul/lesbisch ist und es nicht weiß. Oder es weiß und sich nicht sein traut. Wenn er/sie es ist und sich bloß nicht traut, läßt du besser die Hände von ihm/ihr. Eines Tages besinnt er/sie sich eines besseren und traut sich, dann stehst da wie ein Narr. Oder noch schlimmer, er/sie traut sich nebenbei, er/sie steckt sich an, steckt dich an. Besser sofort gehen, ohne genau zu fragen, ohne zu wissen, sonst schwächt die Aufregung noch den Immunschutz. Besser gleich: Schau, das wars, wir haben uns auseinandergelebt, macht nichts, nicht böse sein.

XXI

Ich find das komisch, daß überall der Herzschlag zu spüren ist, nur dort, wo man meint, daß wegen der Empfindlichkeit was zu spüren sein müßte, dort spürt man nichts.

Meinst du die Gegend, die man gemeinhin *private parts* nennt? Lacht.

Lacht. Exakt die meine ich.

Hab mir das noch nicht überlegt, lacht, da gibts ja wenig zu überlegen, mehr handgreiflich festzustellen. Lacht.

Ich hab schon länger keine Gelegenheit gehabt, sowas zu überprüfen. Lacht.

Wenn sichs ergeben sollte, teile ich dir meine Forschungsergebnisse mit.

Was ist denn jetzt mit Erich?

Ich weiß nicht, immer dasselbe. Irgendwie. Ich hab ihn gern, er hat mich auch gern, aber sobald wir zusammen sind, gehts nicht.

Hat er eine Freundin?

Ja, zumindest bis vorige Woche, hat mir keinen guten Eindruck gemacht. Ich kenn ihn ja, wenn er so dasitzt, und vorgibt nicht zu hören, das tut er immer, wenn ihm was nicht paßt.

Lacht. Das muß komisch für dich sein, wenn du siehst, wie er mit der Nachfolgerin auch nicht anders umgeht als mit dir.

Da besteht schon ein Unterschied, wir beiden hätten längst gestritten, ich hätt ihm nämlich gesagt, daß ich merk, daß was im Busch ist, dann hätt er gesagt, daß ich mir das einbilde.

Begründung eins: Ich hätt eine grundsätzliche Neigung dazu, die Flöhe husten zu hören. Zwei: Ich wäre krankhaft eifersüchtig und empfindlich. Drei: Ich mischte mich zu sehr in sein Leben ein, was wiederum Begründung eins unterstützt. Und da hätten wir schon den schönsten Streit gehabt. Seine jetzige Freundin ist netter. Lacht.

Bist du eigentlich gar nicht eifersüchtig auf — wie heißt sie denn eigentlich?

Eifersüchtig? Nein, wieso, zwischen mir und Erich ist nichts mehr. Das ist doch schon seit einem Jahr, genau gesagt seit zehn Monaten aus.

Ich weiß nicht, mich würd das interessieren, auch wenn die Sache länger vorbei ist. Ich kann mir im Moment nicht vorstellen, wie es wär, wenn ich und Kurt, ich denk mir, daß mich interessieren würde, was Kurt sich für eine Frau nach mir aussucht.

XXII

Es nützt nichts, mit ihm zu reden. Er wird leugnen. Was immer von deinen Vermutungen stimmen mag, er wird es leugnen. Egal, ob was Wahres dran ist, solange du denkst, daß was dran ist, solange ist was dran. Nicht wirklich natürlich. Solange du denkst, daß irgendeine Möglichkeit zutreffen könnte und er nie im Leben eine der Möglichkeiten zugeben würde, solange kannst du nicht wissen, was nun ist und was nicht. Du wirst ihn verdächtigen. Du mußt dich fragen, weshalb du das denkst. Und sobald du dich fragst, —

XXIII

Ich bin nicht gegen diese Sachen, aber ich weiß nicht, ich hab Schwierigkeiten damit. Ich fürchte mich davor, sowas zu sehen, bei jemandem, den ich kenne. Ab und zu kann ich mir vorstellen, daß mir selber das gar nicht so unangenehm wäre, wenn ichs aber bei anderen, da krieg ich einen Schreck.

Bei ihr hat noch keiner ausgestellt, der nicht mit ihr. Er hat in ihrer Galerie ausgestellt und ist nicht mit ihr. Er will nur nicht zugeben, er kann sie *Runzelfut* nennen wie er will, wenn er bei ihr ausgestellt hat, dann ist er auch mit ihr. Ich muß es ja schließlich wissen.

Premierminister Uno mußte wegen eines Liebesskandals zurücktreten.

Ich weiß nicht, wie man das anstellt. Hab keine Ahnung, wie man es anstellt, jemanden kennenzulernen.

Alle, die ich kennenlerne, wirken steril. Haben kein Interesse an mir. Später merk ich dann, daß es gegangen wäre, wenn ich die Signale verstanden hätte.

Er hat behauptet, daß es keine Hierarchien gibt. Daß er nicht sagen könnte, ob es mit der ersten, zweiten, dritten, vierten, fünften besser, schlechter war. Er sagt, darauf kommt es nicht an.

Die Konservativen haben die Wahlen verloren. Unos Geisha hat ihn zu Fall gebracht. Vor laufender Kamera sagte sie, was sie ihm hatte machen müssen. Die Frauenverbände haben aufgeschrien.

Takako Doi ist Chef geworden. Sie ist zielstrebig, will den Unos zeigen, wie man regiert, ohne erwischt zu werden.

XXIV

Frauen stehen am Klo und beobachten unauffällig die anderen. Die hat weniger schöne Beine als ich, dafür hätte ich gern ihre Haare. Ich kann machen, was ich will, sie werden einfach nicht so, wie sie sollten.

Sie hatte schon drei Kinder geboren. Er verhütete nicht, weil er nur geschlechtlich mit ihr verkehrte, wenn er betrunken war. Sie verhütete nicht, weil sie nicht wußte, wie. Sie hatte nach drei Kindern keine gesteigerte Lust, überhaupt noch mit ihm geschlechtlich zu verkehren. Er nahm sie mit ins Kino. Dort sahen sie sich einen Film über eine Prostituierte in Wien an. Ein Wiener Mädel, das immer Lust hatte, zu allem. Danach hatte sie auch Lust, was ihr Glück war, denn sie hätte auch ohne Lust müssen, so wie er beinand war.

Die laut *Tiroler Tageszeitung* Fünfundsechzigjährige war im *Standard* siebenundsechzig. Sie war von ihrem nachmaligen Mörder gefragt worden, ob sie mit ihm schlafen wollte. Ihre abschlägige Antwort führte nicht zu dem von ihr gewünschten Ergebnis. Mit einem

Stein schlug er solange auf ihren Kopf ein, bis sie tot war.

Der Ausbrecher aus Karlau hielt eine Mutter von fünf Kindern zwei Tage lang fest. Er stach sie mit einem Messer einigemale in den Oberschenkel, wahrscheinlich den rechten, da sie am Steuer saß und er am Beifahrersitz. Er vergewaltigte sie mehrmals, dann ließ er sie zu ihren Kindern und den *Krone*-Reportern zurückgehen.

Männer stehen im Pissoir und vergleichen sich wie Frauen mit den anderen Männern.

Er war vierzehn und sah mit seinem Freund einen Film an. Sie trug ein Hauskleid, beige mit weinroten Einsprengseln. Sie saß in einem Fauteuil und hörte Bach. Da wurde das Fenster eingeschlagen und sie kamen herein. Danach war sie tot.

Männerhände auf der Schreibmaschine finden in der Werbung weniger oft Verwendung als Frauenhände auf dem Ganghebel.

Sie kaufte sich Schuhe, die ihre Beine verlängerten. Sie war zur Auffassung gekommen, daß längere Beine ihr besser stünden.

XXV

Wenn ich auch weiß, daß Sexus nichts mit Moral zu tun hat, es fiel mir schwer, mich an alle diese Neuigkeiten zu gewöhnen. Besuche in Bordellen, Orgien und andere Vergnügungen waren an der Tagesordnung. Und dann kam noch etwas hinzu. Ich war ein kindlicher Frauentyp und gerade das liebte Loos an mir. Jetzt fand er plötzlich, daß ich keinen Sex-Appeal hätte und außerdem zu kurze Beine. Hätte ich längere Beine, würde sich mein ganzes Leben ändern, meinte er. Und so hatte Loos beschlossen, mit mir zu einem Chirurgen zu gehen, mir beide Beine brechen und sie dann dehnen zu lassen. Er behauptete, daß dies in meinem Alter (ich war fünfundzwanzig Jahre alt) eine ganz einfache Operation wäre. Man bricht dir die Beine, dann hängt man dir Gewichte an die Füße, und die Knorpelmasse, die sich zwischen den gebrochenen Knochen bildet, dehnt sich um mindestens zehn Zentimeter, sagte Loos. Dann heilen die Beine, und du bist ein Vamp wie Mae West. Wie leicht ist das gesagt. Ich weiß nicht, ob diese Idee in seinem Kopf entstanden war oder ob sie ein Rat seiner neuen Freunde war; jedenfalls wollte ich nichts davon wissen. Und über diese Angelegenheit stritten wir beinahe täglich. Ich konnte nicht verstehen, warum er mich der Gefahr, ein Krüppel zu bleiben, aussetzen wollte.

XXVI

Nofretete — Happiness by Night — Girls — Strip-Tease — Non- Stop-Programm — Girls — Gepflegte Unterhaltung — Artistik — Girls — Live Music — Faire Preise. Aufregende Nächte kann man im Cabaret Nofretete erleben. Das spannend-erotische Show-Programm läßt keine Form der Langeweile aufkommen.

Ich mag nicht hineinrutschen, da hab ich das Tischbein zwischen meinen Beinen.

Ich kann nicht verstehen, wie man dort auch nur ein Bier trinken kann. Es ist, als ob man in die Dritte Welt führe; sich umgeben von Menschen mit Hungerödemen Salzburger Nockerl servieren und schmecken ließe. Der Herrenmensch freut sich über die Possierlichkeit des Untermenschen. Schau, wie formvollendet sie betteln. Imgrunde fürchte ich mich vor denen, die dort Bier trinken.

XXVII

Male couples haben die Welt weiter gebracht. Zwischen solchen stört die sexuelle Komponente nicht bei der Arbeit. Nach gelungenem Coup sagte X zu Y: Wenn ich eine Frau wäre, würd ich mir dich aussuchen.

Und als sie wieder einschlief, plötzlich wie ein kleines müdes Mädchen, und reizend neben ihm im Mondlicht auf der Seite lag, so daß der schöne neue unvertraute Umriß ihres Kopfes zu erkennen war, da beugte er sich über sie und sagte, aber nicht laut: Ich halte zu dir. Ganz gleich, was du sonst noch im Kopf hast, ich halte zu dir und ich liebe dich.

Ich war drüber hinweg. Am Anfang hatte es natürlich wehgetan, aber ich war gleich wieder fit. Hab ihn manchmal gesehen, wir verstanden uns besser als vorher. Jetzt hat er eine neue Freundin, das macht mich fertig. Es ist blöd, weil es ja schon vorher aus war, aber, ich bin so blöd, erst jetzt ist es wirklich aus.

XXVIII

Ist Ihnen eigentlich schon einmal aufgefallen, daß Gespräche verstummen, wenn man an Prostituierten vorbeigeht? Wenn ich, egal mit wem, eine Straße entlanggehe, und wir passieren den potentiellen Standort der Anbahnung, wird das Gespräch mitten im Satz unterbrochen oder der Form halber über das Notstromaggregat weitergeführt, jedoch beim Gegenüber nicht empfangen.

Könntest du das bitte wiederholen, ich hab das nicht so richtig mitgekriegt.

XXIX

Ein Exhibitionist belästigte in der Salzburger Innenstadt eine 77jährige Pensionistin. Er forderte die Frau mit den Worten Oma, zieh dich aus! auf, sich — ebenfalls—zu entkleiden. Der Dackel der Pensionistin ging auf den etwa 25jährigen los. Mehrmals attackierte der Sittenstrolch die Frau und wollte ihr die Kleider vom Leib reißen, der Hund verteidigte sein Frauchen. Die 77jährige erstattete Anzeige — vom Täter fehlt jede Spur.

XXX

Anläßlich eines Geburtstagsessens in universitären Kreisen saßen Gatten und Gattinnen um den Tisch herum und warteten darauf, daß das Geburtstagskind erriet, was es geschenkt bekam. Sicher etwas zu Trinken. Wein. Wie schwer, sagtest du, ist das Geschenk? Jedes Jahr soll ein solches Ding mehr dazukommen. Dann kann es nicht Wein sein. Du warst gerade gestern in Südtirol? Hast mir Pornos geschenkt, du Depp? Gatten und Gattinnen lachen.

Ich habe die Chefin der Boston Consulting-Group kennengelernt, eine beeindruckende Frau: Erstens ist sie eine sehr, sehr schöne, attraktive Frau, zweitens — mußt dir vorstellen, ich weiß nicht, wie die das macht — hat sie zwei Kinder und drittens leitet sie gemeinsam mit zwei Männern diesen Betrieb.

ZU MARTIN SAGTE ich vorderhand nichts über meine Entdeckung, ich hatte nur aufgehört, darüber nachzudenken, ob ich mit ihm ein Kind wollte oder nicht. Er fand den Schlüssel in seinem Koffer und sagte kein Wort darüber.

Die Indizien formten sich zu einer Kette.

Wir lieferten uns Ersatzgefechte für die eigentlich notwendige Schlacht.

Was ist mit den Vorhängen?

Was soll damit sein?

Wieso liegen die da?

Die gehören gewaschen.

Und?

Was und?

Entschuldige, ich wollte — warum wäschst du sie nicht?

Weil ich keine Zeit habe!

Was regst dich denn auf? Ich mein ja nur, wenn du sowieso keine Zeit hast, hätten sie ruhig noch ein paar Tage hängenbleiben können. So dreckig sind —

Wasch sie selber, wenn dir was nicht paßt!

Jetzt — sag einmal, spinnst du?

Da rannen mir Tränen über das Gesicht. Ich ging in die Küche. Martin hängte die Vorhänge wieder auf und behandelte mich in der Folge rücksichtsvoll nach dem Motto *Frauen sind seelisch instabil*, soll heißen hysterisch. Das ärgerte mich ebenfalls, also stritten wir auch darüber, ohne zu sagen, worum es wirklich ging.

Ich dachte und schrieb wie eine Irre, auch wenn oder gerade weil Martins Müller sagen würde, daß da keine Poesie drin war und daß *Bestandsaufnahme* niemanden interessierte. Diesen Text verschickte ich nicht. Ich brauchte ihn zum Auffädeln von Verdachtsmomenten, Hin- und Beweisen, um mich selber zu stabilisieren. Mit dem privaten Kuddelmuddel geriet die eigene Einschätzung meiner Arbeit durcheinander. Mittlerweile war ich nicht mehr so sicher, ob Martin nicht recht hätte, ob ich nicht einfach das Falsche schrieb. Ich fragte mich, ob Frauen nicht doch gescheiter Kinder kriegten. Sie kennen das, man fragt sich, ob sie nicht recht haben, die anderen, man zweifelt an sich selber so sehr, wie man an anderen niemals zweifelte.

Was ich in diesen Wochen zu Papier brachte, war mir selber manchmal unheimlich. Die Frage stellte sich, welche Konsequenzen daraus zu ziehen wären. Vordringlich war ich jedoch erleichtert. Ich hatte das Gefühl, den Drachen zwar nicht erschlagen, aber in die Ecke gedrängt zu haben. Zu dieser diffusen Siegesgewißheit gesellte sich eine Ratlosigkeit, der mich nicht völlig zu ergeben ungeheure Anstrengungen kostete. Martin schlief gut. Ich weinte nachts manchmal, legte mich ins Wohnzimmer auf die Couch, weil er angeblich schnarchte. Ich wollte die Situation nicht mit ihm bereden, er wäre nur schockiert gewesen, hätte sich herausgeredet, das nützte mir nichts. Ich begann unsere Beziehung zu verarbeiten, ohne ihn davon in Kenntnis zu setzen.

Als der Schweizer *Alltag* den Text *Hardware/Software* druckte, war ich glücklich. Martin hätte nie was davon erfahren, wenn er nicht in meinen Sachen nach etwas gesucht hätte, was ihn nichts anging. Er hatte seit Wochen begehrt zu erfahren, was los sei, ich käme ihm so anders vor. Ich war — abgesehen von den mit Furor ausgefochtenen Ersatz- und Scheinduellen — überraschenderweise in der Lage, meinen Mund zu halten, weswegen Martin sich in meinem Schreibtisch auf die Suche nach meinem Tagebuch machte. Ich führe es nur, um später zu wissen, was zum Beispiel 1987 ein Thema war, damit künftige Texte das bekämen, was im Feuilleton Authentizität genannt wurde. Martin fand als letzte Eintragung eine dreimonatealte. Da stand: Mein Gott, was soll ich tun? Dieser blöde Arsch.

In der gleichen Lade fand er die Ausgabe 2/89 des *Alltag*.

Hardware/Software
Benützerhandbuch

Zumindest kann man annehmen, daß es dort nichts gibt, wofür man einen Waffenschein brauchte. Ich geb zu, das heißt nichts, ich weiß nicht, wofür man einen Waffenschein braucht. Wenn Peitschen lagernd sind, was weiß ich, ob man dafür einen Waffenschein braucht oder nicht. Wenn ichs recht bedenke, eher nicht. Warum auch, wenn jemand Peitschen braucht, damit er was hat davon, dann soll er die Peitsche um Gottes Willen kriegen. Geht niemanden was an.

Wenn jemand mit einer solchen Peitsche jemanden zu Tode peitscht? Man kann jederzeit jemanden mit einem Nudelwalker erschlagen, dafür braucht man auch keinen Waffenschein. Sonst? Zeitungen. Ich denk mir, daß die ein detailliertes Sortiment haben, alles, was das Herz, das Herz, na ja, begehrt.

Ich glaub nicht, daß ein Verkaufsgespräch im Sinne von Produktberatung stattfindet. Nehm an, daß man die Sachen von den Regalen nimmt und sie neben die Kasse legt, wie im Supermarkt, und zahlt. Man bekommt ein Sackerl, wahrscheinlich gratis, obwohl auch keine Werbeaufschrift drauf ist. Die Kunden gehen herum wie in einem Buchgeschäft, schmökern und kaufen. Ich glaub, daß ein jeder, der hingeht, auch was kauft. Wenn einer schon einmal dort ist, kauft er auch was. Lieber gleich mehr als weniger, die werden auch nicht so gern hingehen wollen. Könnt einen wer sehen, beim Hinein- oder Hinausgehen, letzteres mit einem prallen Sack. In der Großstadt ist das nicht so gefährlich. Gefährlich. Bei der Annahme, daß fast alle zumindest einmal hingehen, ist es blöd, zu fürchten, dort gesehen zu werden. Obwohl alle hingehen, ist es trotzdem besser, nicht dabei gesehen zu werden. Das ist das Blöde.

Kommt mir vor wie im Kaffeehaus, da schauen alle immer wieder die Busen und Ärsche in der *Praline* und der *Quick* an, aber immer nur so lange man sicher ist, daß kein anderer sieht, daß man die Busen anschaut. Ganz selten ist das Benützerorgan abgebildet, das ist aufregend. Komischerweise werden dieselben immer in ihrer Normal=Schrumpfform geboten. Die Inhaber lächeln vielsagend. Wegen so einem bißchen eine solche Aufregung.

Technisches muß auch zu haben sein. Batteriebetriebene Sachen. Die gibts wahrscheinlich — wie Jeans — in allen Größen. Stell ich mir seltsam vor, sich sowas auszusuchen, sich zu fragen, ob man lieber zehn oder zwanzig Zentimeter hat. Ich weiß nie, wieviele Fisolen ich kaufen soll, kann mir nicht vorstellen, ob zwanzig Deka Fisolen eher viel oder eher wenig sind. Wenn dann einer fragt, ob man lieber einen hätt, der so und so lang ist, und welchen Umfang der haben soll, gleichmäßig dick von vorne bis hinten, oder lieber konisch zulaufend, das muß ein guter Dialog sein. Ich stell mir vor, daß alles auf Regalen liegt, wie Plüschtiere im Spielwarengeschäft, alles mit Preismarkerl, damit möglichst wenig geredet werden muß.

Ich glaub, daß in diesen Geschäften sehr wenig gestohlen wird. Auch wenn einer finanziell so beisammen ist, daß er besser nichts kaufte, nicht einmal Brot, wird er in diesen Geschäften Geld mithaben. Bei Ladendiebstahl erwischt zu werden, ist nicht angenehm, aber eine Verhandlung anberaumt zu bekommen, weil man dort was gestohlen hat, dürfte die wenigsten Richter gnädig stimmen. Man stiehlt besser Brot und Butter.

Ich kann mir nicht vorstellen, daß jemand solche Sachen zur Reparatur bringt. Das Zeug wird verwendet, solange es funktioniert und dann wird es weggeworfen. Kann man nicht so einfach in die hauseigene Mülltonne werfen, nimmt man wahrscheinlich in die Stadt mit, in einem nicht durchsichtigen Plastiksakkerl, wirft dieses irgendwo in einen Papierkorb.

Muß merkwürdig sein, wenn eine der alten Frauen, die immer die Papierkörbe nach Nützlichem durchwühlen, das Sackerl aufmacht und sowas findet. Ob die wüßte, was sie gefunden hat, ob sie es wieder hineinwirft oder mal auf Verdacht mitnimmt und schaut, ob da noch was zu machen ist? Ich glaub nicht, daß die Frauen — bei uns sind es fast auschließlich Frauen — haben sich wahrscheinlich noch immer nicht vom Zweiten Weltkrieg erholt, sich von Trümmerfrauen zu Müllfrauen entwickelt; ich glaub nicht, daß die der Mehrheits-Moral anhängen. Kann ich mir nicht vorstellen, bei dem, was die immer finden. Jede Menge Taschentücher, in die alles mögliche eingewikkelt ist. Grausen sich nur mehr vor ganz wenigen Sachen, das hat ihnen der Krieg abgewöhnt.

Ich bekomm immer ein schlechtes Gewissen, wenn ich ihnen im Vorbeigehen zuschaue. Ich geh ins Kino und die ziehen ein aus dem Supermarkt unerlaubt entliehenes Einkaufswagerl hinter sich her, voll von Plastiksackerln, trennen den Müll der anderen und verwerten ihn dann noch.

Puppen wirds auch geben, die sind vielleicht nicht im Regal, wenn, dann noch nicht aufgeblasen. Plattgedrückt, wie das Spielzeug für Kinder im Gartenplanschbecken.

Das aufgemalte Gesicht muß im nichtaufgeblasenen Zustand unförmig breit wirken. Eine lehnt vielleicht zur Ansicht irgendwo an der Wand oder im Eck, damit sie nicht umfällt. Ob die Augen geschlossen oder offen sind? Wenn sie zu sind, was wahrscheinlich ist, damit die Benützung möglichst naturalistisch abläuft, wirkt sie beim Kauf nicht besonders animierend, da sollten die Augen möglichst groß und mandelförmig sein. Sind jedoch bei der Benützung die Augen groß und mandelförmig, erweckt sie vielleicht den Eindruck, erschreckt zu sein, und das soll sie wohl nicht?

Wenn sie so groß ist wie eine echte Puppe — jetzt weiß ichs, das mit den Augen. Das hat man sicherlich so gelöst wie bei den Puppen für kleine Mädchen. Wenn sie stehen, dann sind sie schön, groß, offen, vertrauensvoll und so weiter, wenn man sie niederlegt, dann schließen sich die Augen. Es zeigen sich nur mehr zwei lange, schöne, dichte Wimpernhalbringe.

Wenn solche Puppen so groß sind wie echte Puppen, dann muß es wohl auch einen Blasebalg dafür geben, sonst ist man vom Aufblasen schon so ausgepumpt, daß an die Benützung nicht mehr gedacht werden kann. Sie muß auch ein Überdruckventil haben. Wenn der Benützer sich auf ihr herumwälzt, muß die zeitweilig überschüssige Luft in ein Extra-Polster entweichen können, das die Luft nach der Entlastung wieder in den Hauptkörper der Puppe zurückführt. Sie muß auch was haben, wohin der Saft rinnen und in der Folge problemlos entsorgt werden kann. Sonst stinkts nach einer Weile im Zimmer nach Samenbank, wenn einmal zur Abwechslung eine echte Puppe kommt. Die darf nichts wissen über die künstliche Puppe, sonst graust sie sich. Weiß eigentlich nicht, warum sie sich graust, ist auch nicht schlimmer, als wenn er ins Puff geht.

Keine Ahnung, ob die zwei Löcher hat, damit man es ihr auch von hinten geben kann. Wahrscheinlich, hat den unbestreitbaren Vorteil, daß die Verschmutzung nicht auftritt, die mit echten Puppen eventuell passiert. Vaseline gibts gratis dazu.

Man müßt sich anschauen, wieviel Vaseline in einzelne Städte geliefert wird, man hätte so einen Ansatzpunkt zum Schätzen, wer aller mit Puppen hantiert. Im dm-Markt gibts ganze Halden von Vaseline. Ich hab auch eine 125-ml-Dose zu Hause.

Benützerorgane sind verschiedenfarbig. Von Zartrosa bis fast Schwarz, auch Gelb, ist alles möglich. Ob die

Färbung was mit dem Alter der Männer oder mit dem Gebrauch ihres wichtigsten Handwerkszeuges zu tun hat, müßte einmal untersucht werden. Nehmen wir einmal an, daß Vaseline, wenn überhaupt, gelb färbt, dann stellt sich die Frage, womit die violett bis schwarz Gefärbten arbeiten. Färbt Vaseline erst nach langjährigem Gebrauch ab? Das menschliche Auge nimmt graduelle Veränderungen erst nach einem längeren Zeitraum wahr. Je nachdem wie oft der verändernde Prozeß stattfindet, nimmt man lange Zeit, während der Färbevorgang schon vor sich geht, nichts davon wahr. Erst wenn ein Grenzwert überschritten ist, sieht man, nun ist er gelb, wenn, wie bei unserer Annahme, Vaseline verwendet wurde. Bei anderen Stoffen stellt man fest: Nun ist er violett oder schwarz.

Eine andere denkmögliche Ursache des Farbspektakels mag im Inneren der jeweiligen Puppe zu finden sein. Wenn die Puppe — sagen wir — innen gelb gefärbt ist, könnte sich die Farbe durch das Reiben und Stoßen von der Innenwand der Puppe auf die Außenhaut des Schwanzes übertragen. Bei der Farbe Violett erscheint dieses Erklärungsmodell besonders plausibel. Deshalb sollten die Hersteller von Puppen die Farbe für die Innenteile ihrer Produkte mit Bedacht wählen. Weder Gift noch Gas, das ebenso giftig sein könnte, sollte bei der Benutzung der Puppe abgesondert werden. Mir ist nicht bekannt, ob die Stiftung Warentest oder eine vergleichbare Organisation sich jemals der Produkte angenommen hat, die den Lustgewinn der Benützer maximieren.

Möglicherweise wurde nicht bedacht, daß Sperma oder Samenflüssigkeit unter Umständen farblösend wirken, oder daß Gleitmittel zwar nicht selber abfärben, dafür aber in Verbindung mit Farbstoff auf der Innenseite chemisch reagieren. Soll das heißen, daß rosarote Schwänze auf eine meist biologische Verwendung hinweisen, die um nichts weniger mechanisch ist?

Oder ist der Penis bis zu seiner Inbetriebnahme farblos? Kommt in diesem Fall die Rosafärbung erst durch den Geschlechtsverkehr via Loch, in besserer Umgebung Vagina genannt, zustande? Bräunliche Schwänze hätten ihre Färbung durch die ebenso biologische Variante des Reibens und Stoßens via After bekommen. Ist somit die Entjungferung, was in diesem Fall, da es sich um Benützer handelt, wohl Entburschung, Entjünglichung zu nennen wäre, durch Einfärbung eingetreten?

Geht man von der Hypothese aus, daß sich der Penis erst durch Gebrauch färbt, was durch die Tatsache, daß ich noch nie einen farblosen zu Gesicht bekam, deshalb nicht entkräften läßt: Erstens, auch die Benützerhand, zur Höhlung umfunktioniert, ist innen rosa (und man kann mit einiger Sicherheit behaupten, daß zuerst einmal gewixt wird, was das Zeug hält, bevor man sich an eine echte Puppe herantraut), und zweitens sind es die Mütter, die schon im Säuglingsalter den künftigen Benützer stimulieren; geht man also von dieser Hypothese aus, dann fragt man sich, ob denn der Männer unausgesetztes Bestreben, immer mit einer anderen Frau, immer noch eine, wieder eine, egal wie und was, ob dieses Bestreben damit zusammenhängt, daß sie die farbliche Veränderung an ihrem empfindsamsten Körperteil als wichtig(st)es Ziel betrachten.

Wenn die Einfärbung, die erste, als Initiationsritus zu werten ist, die nach dem Motto, wenn du stirbst, ohne eine Frau gehabt zu haben oder noch trister, ohne jemals gewixt zu haben, was heißen soll, wenn du stirbst und dein Penis ist noch farblos, dann hast du umsonst gelebt. Wenn dem so ist, dann könnte das Trachten nach einer weiteren Vertiefung des Rosatones oder welcher Farbe auch immer, die unbewußte, aber stammesgeschichtlich begründete Absicht sein, zur Klärung der Frage nach dem Sinn des Lebens beizutragen. Ist der Penis endgültig schwarz, hat man sich der Wahrheit oder zumindest einer diffusen Form von Klarheit genähert.

Sterben, ohne die Initiation erlebt zu haben, mag deswegen brisant sein, weil der Penis, labbrig und farblos, als erstes verfault, wenn der Körper in der Erde verscharrt ist.

Völlig schwarze Schwänze dürften deswegen nicht anzutreffen sein, weil man heutzutage (und wohl auch schon früher) zu früh stirbt. So sehr die Benützer auch versuchen, soviele Frauen wie möglich innerhalb kürzester Zeit zu benutzen, um zur völligen Schwärzung ihres emotionalen Zentrums zu gelangen, sie schaffen es nicht. Man stirbt zu früh.

Andererseits ist denkbar, daß das Trachten nach Schwärze ein sogenannter Irrtum der Evolution ist. Schwarze haben bekanntlich schwarze Schwänze, was sie den Frauen so begehrlich macht, und sind trotzdem der Wahrheit, der Klarheit kein Stück näher als ein anderer Schwanz. Wäre es möglich, daß man bei der Einfärbung die Überlagerung aller Körperfarben verhindern sollte, weil das Schwarz ergibt, und darauf achten sollte, daß sich eine Färbung, die gemeinhin mit bunt beschrieben wird, also ein Nebeneinander aller Farben, was bedeutet, daß sich manche überlagern und andere nicht, ergibt? Hielte diese Theorie stand, würde sie ein erhellendes Licht auf die Tatsache werfen, daß eine mögliche Akquisition von Syphilis bei den wenigsten das Maß an Angst erregt, das es sollte. Vielleicht ist deshalb eine in Aussicht gestellte Buntheit, hervorgerufen durch viele verschieden entzündete Pusteln und dergleichen, belebender als — als was? Eine lebenslange Rosaröte?

Zurück zur Kunst-Puppe. Beim Kauf einer solchen ergeben sich einige Diskussionspunkte. Man müßte den bis dato wie auch immer gefärbten Penis abmessen und zwar im erigierten Zustand, damit man in der Lage ist, sich eine Puppe auszusuchen.

Zum Unterschied von echten Puppen kann der Benützer bei der Wahl der künstlichen Puppe nicht nach Haarfarbe allein vorgehen. Das genaue Maß des Benützerwerkzeuges wird die Auswahl bestimmen. Denn die Höhlung, respektlos Loch genannt, muß exakt sitzen, sonst werden keine annehmbaren Ergebnisse erzielt. Ganz so, als ob man sich Schischuhe kaufte, ohne sie probiert zu haben. Als ob man die Bindung einstellte, ohne auf die Größe des Schuhs oder das Gewicht des Fahrers Rücksicht genommen zu haben.

Bei echten Puppen ist es besser, wenn die Löcher ums Kennen zu klein sind, weil so die optimale Reibung gewährleistet ist. Falls Schmerzen auftreten, dann bei der (echten) Puppe, was den Benützer nicht kümmert, sofern es bei einem Durchgang verbleibt. Bei der Puppe hingegen ist es schlecht, wenn das Loch ums Kennen zu klein ist, denn in diesem Fall wird bei normalem Gebrauch über kurz oder lang eine Naht platzen, egal ob das Plastik geschweißt oder wirklich genäht wurde. Wie ein zu kleiner Handschuh wird die Puppe aufreißen, was bei Anschaffungskosten von durchschnittlich 800 DM zu teuer wäre, insbesondere da man Probleme hätte, eine Reparaturwerkstätte aufzutreiben.

Von der finanziellen Potenz des Schwanzträgers wird es auch abhängen, ob er in der Lage ist, sich — sagen wir — fünf bis sechs Perücken als Outfit für nächtliche Ritte in die Weiten des Liebestaumels zu leisten. Es handelt sich naturgemäß um Langhaarperücken, damit man sich festhalten kann.

Die Zahl der verschiedenen Perücken ist von Bedeutung, wenn der Benützer sich auch im Fall von Puppen die Gewißheit geben will, nicht jede Nacht mit der gleichen im Bett zu liegen. Warum eigentlich im Bett? Puppen sind ortsunabhängig, an Garagentoren, auf dem Boden, im Wald und auf der Heide, weiß Gott.

Hat der Benützer fünf Perücken, kann er mit Johannes Heesters singen, Ob blond, ob braun, ich liebe alle Fraun. Hier kann erkannt werden, daß nicht nur echte Puppen Geld brauchen, damit sie so schön sein können, wie das ein Benützer von ihnen erwartet. Auch die Kunst-Puppe kostet Geld, so gesehen hat die echte den unbestreitbaren finanziellen Vorteil, daß sie selber arbeiten geht und sich die für ihre Schönheit notwendigen Accessoires verdient.

Sonst? Ich weiß nicht, Peitschen hab ich erwähnt; dazu noch Zeug, das man zum Peitschen braucht.

Fesseln für Arme und Beine, vielleicht ein paar Seile und einen Knebel. Nein, keinen Knebel, das ist blöd.

Ich, ja, Reizwäsche hab ich vergessen, die muß es auch geben. Solche BHs, die unter der Brustwarze aufhören, damit die Warzen spitzig sind, immer, nicht nur wenn einer dran rummacht oder wenn es kalt ist. Wahrscheinlich keine BHs, sondern Mieder, solche, die über der Scham enden, an denen man Strümpfe befestigen kann. Schwarz oder rot. Und dann Unterhosen, die am Steg ein Loch haben, damit — falls eine falsche Bewegung die Erregung des Benützers hervorgerufen hat — er keine Zeit zu verlieren braucht.

Dann könnte es Unterhosen geben, in die eine Art Pimmel eingebaut, respektive genäht ist, sodaß beim Anziehen einer solchen Unterhose die Penetration stattfindet und der Penis nicht in sich zusammenfällt, immer drin bleibt. Wie in so einem Fall die Höhepunkte aufeinanderfolgen, wäre interessant hochzurechnen.

Beate Uhse kenn ich nur aus Inseraten, wollte mir einmal einen Prospekt kommen lassen, hab mich dann aber nicht getraut. Wenn meine Mutter irrtümlich das Paket aufmachte.

Puppen sind ein ergiebiges Thema. Am Anfang kostet sie eine Unmenge. Damit sie sich amortisiert, muß sie häufig benutzt werden. Vom Gebrauch echter Puppen ist in dieser Zeit abzuraten, denn das bedingte Extra-Investitionen, Kinokarten, Einladungen in eine Pizzeria, was sowieso billige Formen des Amüsements sind, und doch würde die Puppe im Nu zur Fehlinvestition. Rechnen wir einmal nach: Die Puppe kostet 800 DM, die Perücken (die aus echtem Haar sein sollten, Kunsthaar knistert in Verbindung mit

Plastik fürchterlich, es könnte bei leidenschaftlichen Zusammenkünften sogar zu Stromstößen kommen) ca. 500 DM pro Stück. Drei sollte man auf jeden Fall haben, wegen der Abwechslung, Sie wissen. Das sind dann drei mal 500, macht 1500, dazu kommen noch die 800 von der Puppe, das macht insgesamt 2300 Mark, was in den seltensten Fällen als Pappenstiel bezeichnet werden dürfte, weswegen eine allfällige Entscheidung für die Puppe genau bedacht sein muß. Wer sie nur hie und da auspackt und aufbläst, sollte wirklich drüber nachdenken, ob er nicht besser in einem Puff aufgehoben wäre. Wenn man pro Puffbesuch 150 Mark rechnet, könnte man für 2300 Mark 15,3 (periodisch) mal alles erleben, was man sich schon immer gewünscht hat. Außerdem weisen dort anzutreffende Objekte Körpertemperatur auf, was nicht grade als nachteilig gewertet werden dürfte, selbst wenn man einrechnet, daß Benützer weniger frieren als Puppen allgemein.

Ein Nachteil der Puppe ist, daß sie sich im wesentlichen nur zu einer Stellung verwenden läßt. Immer muß sie unten und er oben sein. Ob dies tatsächlich negativ zu bewerten ist, hängt von der Ambition des jeweiligen Benutzers ab. Ich brauch wohl nicht aufzählen, was gemacht werden könnte, wenn man sein Wünschen diesbezüglich in die Tat umsetzte. Man muß nur durchtrainiert und guten Willens sein. Könnte die Puppe mit Wasser gefüllt werden, wäre es zwischendurch auch einmal möglich, sie oben zu haben. Ist sie dagegen mit Luft gefüllt, was ich für wahrscheinlich halte, bereitet schon das Penetrieren von unten unter Umständen Schwierigkeiten. Bei jedem Stoß, den der Benutzer von unten ins Innere der

Puppe zielt, muß er fürchten, daß sie ihm wie ein Luftballon kurzfristig entschwebt. Wäre sie mit Wasser gefüllt, wäre möglicherweise die Penetration ein Kinderspiel, aber das Gewicht der Holden dürfte die Beweglichkeit des Benutzers einschränken, zudem muß es ein eigenartiges Gefühl sein, eine Art Wasserleiche auf sich selbst hinaufzuhieven, die bei jeder durch Leidenschaft induzierten Bewegung abzurutschen droht und starr mit dem Gesicht nach unten liegen bleibt. Für die Wasserfüllung wiederum spräche das Temperaturproblem. Man könnte sie im Bad mit genau temperiertem Wasser füllen, sodaß sie sich nicht so klamm anfühlt. Bei erhöhter Luftfeuchtigkeit wird sie jedoch schwitzen wie eine echte Puppe. Das mit dem Wasser ist insofern problematisch, als die meisten Benutzer durchaus gesellig wohnen und die Mitbewohner möglicherweise irritiert wären, wenn er nach geraumer Zeit, die die Abfüllung seiner Gespielin sicher beanspruchte, mit einer splitterfasernackten Plastikfrau aus dem Bad käme, über den Gang ginge und sich dann im Zimmer einsperrte, woraus in der Folge wenn überhaupt nur eindeutige Geräusche zu vernehmen wären.

Nehmen wir einmal an, die Puppe ist mit Luft gefüllt, dabei ergeben sich vielleicht sogar Probleme bei der *Sie-unten-er-oben*-Stellung, denn der Benutzer muß sich hiebei die Illusion verschaffen, daß das Objekt seiner Begierde, was im weitesten Sinn mit Gesäßbereich der Puppe beschrieben werden könnte, Regung zeigt und sich unter ihm zumindest windet, wenn nicht gar in seine Richtung stößt. Wenn es genügt, daß er reinrammeln kann, erfüllt die Puppe die in sie gesetzten Erwartungen. Kommt er aber nur auf seine Kosten, wenn sie ihm das Gefühl dessen, was Benützer gern Geilheit nennen, vermittelt, dann ist es unabdingbar, daß er ihren Po zum Tanzen bringt. Ein hübsches Bild, nicht wahr? Er muß mindestens eine Hand unter ihren Hintern schieben und sich mittels wilden Reißens die Illusion verschaffen, daß sie ihn von unten bumst.

Es gibt Wasserbetten, die sind von vorneherein für Spiele aller Art prädestiniert. Baute man in die Oberfläche eines Wasserbettes eine Höhlung ein, die dem Loch der Puppe entspräche, dann müßte sich der Benützer, der in diesem Fall nun getrost Beschläfer genannt werden darf, nur auf den Bauch legen, raus mit dem Zipferl und rein ins Loch und Hurra, geht schon.

Das die Puppe symbolisierende Bett wäre ständig bereit, man müßte nicht zuerst Blasebalg oder Kompressor bemühen, das wär ein Fortschritt. Man müßte nur noch einen Schlauch installieren, durch den das Sperma samt Flüssigkeit abgeführt und am Ende in einem Topf gesammelt würde, dessen Inhalt zum Blumengießen verwendet werden könnte, wodurch sich flugs eine weitere Rationalisierung eingestellt hätte: Man braucht ab sofort nicht mehr in Küche oder Bad rennen, um die leidigen Grünpflanzen zu laben. Es wäre zu prüfen, ob Substral dadurch überflüssig gemacht würde. Ist Sperma stickstoffhaltig? Der Stickstoff könnte anderswoher kommen: Die Wasserbettlösung erzielt noch einen Pluspunkt dadurch, daß der Beschläfer im Falle einfachsten Urindranges nicht mehr das Bett verlassen muß, sondern sich zusätzlichen Lustgewinn verschaffen kann, indem er sich an der Vorstellung delektiert, seinen Harn direkt in die

Muschi seiner Puppe zu lassen. Zudem würde so der Schlauch gespült, was auf Grund der Konsistenz der Samenflüssigkeit notwendig sein dürfte, und außerdem ist das Düngerproblem gelöst. Eine zeitgemäße Form des Nachttopfs.

Um bei der Puppe zu bleiben: Der Benützer muß über eine relativ *autonome* Sexualität verfügen, zumal die Puppe ihn nicht mit ihren Armen, Fingern, Zehen etc. stimulieren kann. Allein der Anblick einer Puppe muß ihm genügen. Sie kann nicht die Beine um ihn schlingen, kann ihm nicht hie und da einen kleinen Dienst erweisen, sie liegt einfach da mit breiten Beinen. Aber das ist auch schon was. Nur nicht übermütig werden.

Eine Möglichkeit der Benützung, die keinesfalls zu verachten ist, wurde noch völlig außer acht gelassen. Die Puppe hat nicht nur hinten und vorne ein Loch für den Benützer ausgespart, sie hat auch einen Mund. Ob Puppen Zähne haben? Eine Prothese? Zur befriedigenden Benützung des Mundes stelle (sollen wir das Wort *Ersatzfotze* einführen, nein? lieber nicht, gut, dann nicht) ich mir vor, sollten Zähne, nicht zu scharf und nicht zu spitz, es könnten Unfälle nicht wieder gut zu machender Art passieren, aber zahlreich, vorhanden sein.

Bei der Benützung echter Puppen besteht für den Benützer kein besonderes Risiko, weil es der echten obliegt, sich um die Ungefährlichmachung ihrer Beißwerkzeuge zu kümmern. Da mag er herumfuhrwerken, wie er will. Die Kunst-Puppe ist dazu nicht in der Lage, deshalb muß der Benützer selber Acht geben, daß er sich keinen Schaden zufügt. Falls durch eine ungünstige Luftströmung im Inneren der Puppe die Prothese einmal zubeißen sollte, ist das Malheur nicht groß. Der Benützer weiß ja, wo sein Werkzeug ist und kann mit dem abgetrennten Teil in die Klinik fahren und ihn sich wieder annähen lassen. Sollte die Prothese klemmen, dann bitte nicht auch noch den Kopf verlieren, sondern das Ventil öffnen, sozusagen die Puppe entlüften, und die Prothese wird sich wieder bewegen lassen.

In Romanen, die nur bedingt zum Lesen gemacht sind, die man in erster Linie zur Stimulierung einer anderen Körperregion als der des Kopfes liest, sagen echte Puppen zu echten Benützern immer wieder einmal *Nimm mich!*, was eine recht merkwürdige Ausdrucksweise ist, da die Benützer keinesfalls die ganze Puppe wollen, nein, nein, sondern nur das Loch und die langen Haare, die sich aus dem Knoten am Kopf lösen, weil er sie so wild rammelt.

Sie sagen aber weiterhin *Nimm mich!*; es steht zu fürchten, daß sie sich schon so sehr mit diesen ihren Teilen identifiziert haben, daß *mich* semantisch wieder richtig ist.

Dies zu echten Puppen, bei künstlichen läßt sich der Mangel der Sprachlosigkeit durch das Anbringen eines Cassettenrecorders beheben. Man wird sich sinnigerweise verschiedene Cassetten zulegen, damit die angestrebte Abwechslung auch akustisch gewährleistet ist. Hat mans lieber anschmiegsam, läßt man — sagen wir — die blonde Perücke sagen: Ach Liebling. Liebling, ich liebe dich, mehr als mein Leben. Ich denk immer nur an dich, wenn es dir nur gut geht (sinngemäß nach Ernest Hemingway). Das ganze verkürzt und verballhornt: Mein Loch ist klein, darf niemand hinein, als du mein liebes Franzilein.

Die Rothaarige könnte man sagen lassen Ahh, ahh, komm gibs mir, nimm mich!! fester rein, bitte, bitte fester, mach mich fertig, so wie du machts mir keiner oder sowas in der Art. Die Dunkelhaarige könnte schreien: Sakldjkiurefejfdiul — qefrieflkfdvmööo — kaaaaaaiiiiiusssss — hhhooouuuuuo — ooaaaää — iiiiifffvffffff — chfffvffffffffffffffffffffffff. Die Fffffff sollte man vielleicht aussparen, hörte sich an, als ob der Puppe die Luft ausginge, was den Benützer beängstigen würde und er sich zu ungebührlicher Eile angetrieben fühlte, wenn er noch vor völliger Erschlaffung seiner Puppe zu einem anständigen Orgasmus kommen möchte. Möglicherweise verginge ihm sogar dieser Wunsch, wenn er an 800 verlorene Mark denken müßte, da sie ein zusätzliches nicht vorgesehenes Loch aufweist, weil er sie zu stark angebohrt hat. Ansonsten ist die Idee mit der Cassette gut. Bei der Roten und der Dunkelhaarigen ergäben sich Probleme mit der Lautstärke. Was sollen die Nachbarn denken?

Handelt es sich um einen Exhibitionisten, könnte er dem Lautsprecher einen zusätzlichen Verstärker beigeben, sodaß die Nachbarschaft jedes einzelne Wort versteht. Liegt dem Benützer etwas mehr an der Geheimhaltung seines Intimlebens, sollte er am besten einen Walkman verwenden.

Die kleinen Schaumgummikopfhörer tief in die Ohren einführen, und niemand kriegt was mit.

Wirklich toll am ganzen ist, daß nicht nur die Puppe frisch von der Leber weg sagt, was sie denkt, sondern auch der Benützer. Jawollja, der braucht auch nicht mehr zu schweigen. Warte nur du Hure, du Dreckstück, dir werd ichs geben, dich mach ich fertig, daß du nicht mehr gehen kannst, wobei der Benützer infolge begreiflicher Erregung vergißt, daß seine Puppe niemals gehen kann. Gehört der Benützer zur Gruppe der Walkman-Verwender, muß er aufpassen, daß er nicht zu laut wird. Wie dabei Abhilfe zu leisten wäre, wird als Heimhörerfrage gestellt.

Hat der Benützer die Puppe einigemale besessen, so nennt man das, könnte er im Geschäft einmal nachfragen, ob es für die zentrale Region der Puppe nicht Einsätze zu kaufen gibt. Auch wenn jetzt alle gegen PVC polemisieren, so ein kleines bißchen, das schadet weniger als es Freude bereitet. Bei Staubsaugern kauft man Säcke ungeniert nach. Die Anwendung dieses Know-hows sollte nicht wegen eines lächerlichen Tabus verhindert werden.

Weiter oben ist die Sprache einmal auf die Puppenhäuser gekommen: Für viele Benützer hat die Puppe der Hure gegenüber Vorzüge. Der Benützer erwartet von einer Hure, daß ihr nichts zu blöd ist, daß sie alles macht. Sie tut also überall mit, kürzlich hat mir jemand erzählt, daß eine solche einem Benützer in den Mund defäkiert hat, weil er sie dafür bezahlte. Jeder wie er will. Ich hab da wirklich nichts dagegen, denn diese Dienstleistung ist wahrscheinlich leichter zu bewerkstelligen als andere, über die ich nichts Genaues weiß. Problematisch könnten Verlangen dieser Art werden, wenn die Verdauungsorgane der Dame regelmäßige Nahrungszufuhr und demgemäß regelmäßige Defäkation gewohnt sind. Die meisten Menschen verspüren diesen Drang am Morgen, man müßte sich radikal umstellen, damit derselbe sich am Abend einstellt; wenn das nicht geht, dann ein Löffelchen von diesem Öl, das sollte wirken, in manchen Fällen hat halbgarer Blumenkohl schon Wunder gewirkt. Doch das ist Minderheitenprogramm.

Weiter im Hauptabendprogramm. Eine Hure macht also bei allem mit, das ist klar, sonst wäre sie ja nicht Hure, sondern Ehefrau. Das erwartet der Benützer, und weil dem so ist, hat er Angst vor ihr. Eine seltsame Ambivalenz breitet sich in ihm aus, wenn er bedenkt, daß die Hure viele Benützer abfertigt, was bedingt, daß sie genau weiß, wie alles gemacht wird. Der Benützer schlägt vor, machen wir das und das. Er freut sich, weil er der Chef ist, der anschafft, was gespielt wird. Gleichzeitig hat er Angst, etwas vorzuschlagen, was er zwar möchte, von dem er aber annehmen kann, daß sein Mietling es schon viel öfter gemacht hat und deshalb irgendwie doch sie der Chef ist. Wenn sie merken, daß sie nur am Beginn und am Ende Chef waren, macht es bei manchen Benützern KRks im Hirn, es verschmort sozusagen und sie bringen die Dame um. An diesem Beispiel erkennt man eine erhebliche Schwierigkeit für echte Puppen: Einerseits mögen Benützer Puppen, die lachen und dabei ihr langes Haar schütteln, andererseits aber haben sie eine höllische Angst vor ihnen, denn die könnten möglicherweise auch einmal lachen, wenn der Benützer die Hosen schon hinuntergelassen hat. Niemals lachen, hören Sie, wenn die Hose des Benützers sein kleines Geheimnis, das ihn vom Menschen zum Benützer macht, nicht verbirgt. Immer wieder stirbt eine eines gewaltsamen Todes, weil er einen Witz erzählt hat, während er die Hose runterließ. Sie lachte des Witzes wegen, was er meinte, ist nicht zu rekonstruieren, denn das KRks bedingt Totalamnesie.

Weil das sehr gefährlich ist, arbeiten manche Puppen nicht mehr in eigens für sie und die Benützer gemachten Häusern, sondern lassen sich lieber photographieren.

Ich hab einen gekannt, der hing Abbildungen von Puppen in seiner Werkstatt auf, indem er jeweils einen langen Nagel in jede Brustwarze und in jede Scham schlug. Ich glaub, daß sich die angestrebte Selbstbefriedigung vollautomatisch eingestellt hat, er mußte nicht mehr Hand an sich legen.

Er ist inzwischen gestorben, über die Toten nichts Schlechtes.

Mit Großaufnahmen von Busen, Muschi oder Gesamtfrau läßt es sich gut wixen, wer von den Benützern wüßte das nicht. Manche bevorzugen kleine, miese Drecksäue, auf die sie spritzen können, am besten in ihren halboffenen Mund.

Andere wiederum mögen lieber diese Art verruchter, säkularisierter Gräfinnen und Nonnen, die, das weiß *Playboy* wie *Praline*, die geilsten überhaupt sind. Seltsam nur, daß Benützer auf der Straße äußerst selten Nonnen nachpfeifen oder ihnen an den Arsch gehen. Womit allerdings bewiesen wäre, daß Zeitschriften dieser Art, wohl auch Filme und dergleichen in keinem Zusammenhang mit dem allgemeinen Bild, das Benützer von Puppen haben, stehen.

Was es dort sonst noch gibt? Ich denk, Filme und — nein, sonst fällt mir nichts mehr ein. Doch, Versandkataloge für Produkte und echte Puppen aus Fernost. Das ist alles. Sonst kann ich mir nichts vorstellen.

Davon, wie Martin schluckte, als er seine Funde mit mir *bereden* wollte, schloß ich, daß während der Lektüre der Adamsapfel oft auf und ab gehüpft war. Hätte er es mir nicht gestanden, hätte ich später an der Unordnung in meinen Laden festgestellt, daß er nach Be- und Hinweisen (wofür?) gesucht hatte.

Als ich nach Hause kam, hatte Martin nichts zum Essen gemacht. An den Tagen, an denen ich in der Stadt zu tun hatte, legte er zumindest Brot, Käse, Wurst auf den Tisch und machte Salat, damit ich guter Laune war und somit einem im weitesten Sinn vergnüglichen Abend nichts im Wege stand.

Er saß am Tisch, schaute mir zu, wie ich Kartoffel aufstellte, um Erdäpfelsalat zu machen. Ich nahm an, er hätte in der Firma Schwierigkeiten gehabt, da er sich einsilbig zeigte. Seit geraumer Zeit verspürte ich keine Lust mehr, ihm allfällige Beschwerden wegen schwieriger, langwieriger und strapaziöser Kundenbesuche, Reisen und dergleichen aus der Nase zu ziehen. Ich drehte das Radio auf, hörte einen der vielen wunderbaren Beiträge über AIDS, die schlüssig zu beweisen schienen, daß wir demnächst alle ausgestorben wären.

Wie ein Patriarch setzte er sich zu Tisch und aß schweigend, was ich ihm gekocht hatte. Ich tat, als ob ich Zeitung läse und ärgerte mich über ihn.

Wenn er nicht den Tisch abräumte und das Geschirr wusch, nahm ich mir vor, gäbe es ein Donnerwetter. Eine leisere Form desselben kam mir zuvor, Martin hatte den Teller zurückgeschoben und die Gabel auf den Teller fallenlassen. Ich hatte mir für den Fall einer wie immer verlaufenden und wann immer stattfindenden Aussprache fest vorgenommen, cool wie eine Glashausgurke im Kühlschrank zu bleiben. Trotzdem verspürte ich, als ich die Gabel auf den Teller aufschlagen hörte, kaum beherrschbaren Zorn, paradoxerweise gepaart mit der Unsicherheit jemandes, der im Unrecht ist, aufsteigen.

Kann ich dich was fragen?

Sicher, mich kann man alles fragen, auch, warum ich sauer bin.

Warum bist du sauer?

Weil ich die Schnauze voll habe davon, daß du sogar zu faul bist, Salat für uns zu machen, weil ich — ganz so als ob ich deine liebende, treusorgende, etwas debile Gattin wäre — auch wenn ich sauer bin, einen Teller für dich auf den Tisch stelle, nachdem ich an deiner statt Salat gemacht habe. Darum bin ich sauer, sonst noch Fragen?

Ja ein paar, ich hab übrigens keinen Salat gemacht, weil ich auch sauer bin, ich hatte keine Lust. Ich mag auch nichts essen. Wieso sagst du mir nicht, daß ein Text von dir veröffentlicht worden ist?

Was?

Wieso sagst du mir nicht, daß ein Text von dir veröffentlicht worden ist?

Woher weißt du — es ist ist nicht so wichtig, ob ein Text erscheint oder nicht. Wir beide sind wichtig, nicht?

Was soll das? Da erscheint eine Ge — ein Text, und du sagst mir nichts davon.

Du sagst mir auch nichts.

Was soll ich dir sagen? Ich erzähl dir alles, was mir erzählenswert erscheint.

Ich dir auch.

Sag, ist irgendwas?

Ich weiß nicht, findest du, daß irgendwas ist? Woher weißt du überhaupt —
Weil ich in deinen Sachen gestöbert habe.
Was hast du?
Du hast gehört —
Das ist ja —
Tu nicht so, so blöd, ich will —
Du willst! Du tust ohnehin, was du willst —
Wenn du mir nicht sagst, was los ist, muß ich mir selber Gewißheit verschaffen.
Du mußt dir Gewißheit verschaffen! Ich geb dir nicht Auskunft, wann *du* willst, sondern wann ich will. Ich laß mir von dir nichts befehlen. Und auch nichts mehr einreden. Du stöberst in meinen Sachen herum, was suchst du da? Heimliche Liebesbriefe?

Während ich noch redete, was ich gegen meine Absichten schreiend tat, sprang ich auf, rannte in mein Zimmer zum Schreibtisch, riß Laden heraus, warf Papier auf den Boden, holte den zuletzt begonnenen Text und eine Schachtel mit Briefen und Karten von Freunden, schmiß sie vor ihn hin auf den Küchentisch. Nun schrie auch Martin. Daß ich verrückt geworden sei. Da haute ich ihm eine Ohrfeige herunter.

Das war die erste Ohrfeige, die ich seit meinen Kindertagen jemandem verabreicht hatte. Martin hatte vermutlich seit seinen Kindertagen keine mehr bekommen.

Er war aufgesprungen, wir standen einander zuerst vor Wortlosigkeit stotternd gegenüber. Dann sagte er leise mit einem kaum noch fragenden Unterton: Du bist verrückt geworden. Ich stand vor ihm, mir rannen mit einemmal Tränen über die Wangen. Ich zitterte. Er stand mir gegenüber, stierte mich an. Mich schüttelte es, ich stammelte: Das wollte ich nicht. Ich — lies das Zeug, ich kann jetzt nicht reden, zog den Rotz hinauf, lies es, ich komme in einer Stunde wieder, ich muß hinausgehen.

Martin sagte irgendwas, ich verstand ihn nicht, sagte, Ich komm wieder, schlüpfte in meinen Anorak — meine Haare gerieten in den Reißverschluß — und rannte aus der Wohnung an den Inn. Ich schluchzte. Die Leute sahen mir nach. Mit dem Gehen wurde ich ruhiger. Ich konnte nur unter Schwierigkeiten denken, redete mit mir selber, ging und ging. Du bist eine blöde Kuh, setzt dich noch ins Unrecht, wenn eigentlich er — meine Güte, ich hätte das nicht —

Lucille & Felix oder Hansi und Edi, Mimi und Susi

Alois hatte sich verliebt. Seine Eltern würden verstehen müssen, daß er nicht eine aus Niederösterreich heiraten konnte, wenn er Diplomat werden wollte. Damals, Ende der Fünfziger Jahre, war eine amerikanische Verbindung eine Eintrittskarte in die demokratische Welt.

Felix traf sich mit ÖVP-Politikern und deren Frauen. Die SPÖ winkte ihm im Parlament zu, mit Lucille saß er oben auf der Galerie und schaute zu. Wenn die ÖVP gewußt hätte, wo er vierstellige Beträge abliefert, wär keiner mit ihm essen gegangen. Auch nicht zum Heurigen oder zu ihm ins Hotel. Die SPÖ hätte ihn ignoriert.

In Bologna 1958 war es heiß, und Alois war zu allem bereit. Es war nicht mehr zu früh für ihn. Wer in Spitzenpositionen aufsteigen will, sollte in festen Händen sein. Lucille studierte noch. Alois würde sie vor den Prüfungen abhören, er würde ihr helfen, ihr Deutsch zu verbessern.

Lucille hatte eine Tochter, die gern Tennis spielte. Obwohl sie niemand aufgeklärt hatte, wußte sie, daß ihr Vater kein Ehrenmann war, denn er hatte vierstellige Summen bezahlt.

Lucille hatte geheiratet, nicht Alois, sondern Felix. In diesem Namen lag Verheißung. Alois war deprimiert gewesen. Sie waren um Mitternacht in den Straßen Bolognas spaziert, er hatte ihr seine Liebe gestanden, die ihr schon seit Tagen peinlich schmeichelte. Sie hatte sich nach kurzem Zögern ein Herz gefaßt und ihm reinen Wein eingeschenkt. Felix hieß der, den sie heiraten würde.

Er hatte den Koffer absichtlich stehen lassen, man würde sehen, daß ein Koffer ausgetauscht worden war, würde ihm nichts nachweisen können. Der Herr im Hotel war sofort von der Polizei hopsgenommen worden. Die Polizei fand nichts als die Hefte. Lucille würde ihnen nicht glauben.

Lucille wußte, daß Felix vorwärtskommen wollte. Der Nagellackmillionär hatte ihm den Nerv gezogen. Und vorher diese amerikanisch-österreichische Mischungsdummheit von späterer Hoteliersfrau, ihre Bestellung hatte an seinem Selbstwertgefühl genagt, während sie Tennis spielte.

Lucille wußte seit Jahren, daß Felix sich andernorts das holte, was er bei ihr vermißte, ohne jemals inquiriert zu haben, ob vielleicht oder doch lieber nicht.

Lucilles Tochter verachtete nicht nur ihren Vater, weil er vierstellige Summen bezahlt hatte, sondern auch die Mutter, weil die sich betrügen ließ. Lucille sagte: Du wirst das verstehen, wenn du älter bist.

Er wußte nicht, wieso er den Koffer dort gelassen hatte. Es wäre, wenn es nicht so fürchterlich gewesen wäre, ein Wahnsinnsspaß geworden.

Wenn der KGB den Koffer bekommen haben sollte, was er nicht wußte, aber dem FBI glaubte, die mußten es wissen, fragte er sich, was die mit den Papieren anfingen.

Bei der Amtseinführung hatte sie ausgesehen wie die Karikatur einer amerikanischen alten Jungfer. Schon dieser Auftritt hatte ihren Kredit bei ihm ausgeschöpft. Wie konnte man ihm jemanden vorsetzen, der so hoffnungslos ahnungslos war? Washington hatte kein Mitleid mit ihm.

Der Beamte öffnete den Koffer in einem Hotelzimmer. Er riß die Zeitschriften und das Notizbuch heraus und suchte im Inneren des Koffers weiter. Mit den Fingerspitzen fuhr er an den Rändern des Bodens entlang, riß ungeduldig die Innenverkleidung heraus. Dann blätterte er die Zeitschriften durch, aber zwischen den Seiten fand sich nichts, was ihm Freude bereitet hätte. Er war im Moment auf anderen Lustgewinn fixiert.

Er bezahlte vierstellige Summen für Dienste, die sie ihm angedeihen ließ. Seine Frau wollte und traute er sich nicht fragen, ob sie ihm diese Dienste erweisen würde.

Der Nachfolger der nachmaligen Hoteliersgattin fürchtete sich im Dunklen und hatte Angst vor den Österreichern. Seine Villa würden sie aus Rache für das Einreiseverbot für den Präsidenten stürmen und in der bekannten Nazimanier mit ihm verfahren. Wer wollte Felix tadeln, daß er den Sohn der amerikanischen Schönheitsverwalterin nicht behelligte, wenn wirklich Gefahr in Verzug war?

Die Hofratsrunde des Café Hoog hat eine Ansichtskarte bekommen. Drei nackte Frauen aneinander gefesselt, zwei zeigen den Betrachtern den Hintern, eine liegt oben drüber, zeigt ihre Vorderansicht.

Die Tasche hatte er beim Betreten des Lokals bei sich gehabt, dessen war er sicher. Er stellte sie unter den Tisch, zuerst zwischen seine Beine, dann schob er sie in die Tischmitte. Man sah sie nur noch von einer Stelle aus, dort war das Tischtuch zu kurz.

Lucilles Tochter vermied es, mit ihm zu frühstükken. Wenn er die Zeitung vor ihr las, einzelne Blätter an sie weiterreichte und sie bei der Lektüre seiner Bettgeschichten beobachtete, wollte sie ihn —

Haben Sie gewußt, daß Felix seiner Frau jemals untreu war oder Prostituierte besucht hat. Wenn ja, bitte beschreiben Sie die Umstände möglichst detailliert, wurden Alois und Edith gebeten.

Woher wußte der Kartenschreiber, daß die Wiener Hofräte diese Karte schätzen würden? Eine Kartenschreiberin hätte eine Ansicht des Eiffelturms geschickt, obwohl sie sich hätte denken können, daß genau diese Karte die Hofräte freuen würde.

Die Zentrale winkte ab. Er war nicht mehr wichtig für sie, hatte sich enttarnt. Man zollte ihm Respekt. So intelligent war bislang keiner entkommen.

Er hatte sich für beide Seiten unmöglich gemacht. Als ob Felix jemandem erzählt hätte, daß er seine Frau betrog oder Prostituierte besuchte. Edith dachte lang über das *oder* in diesem Satz nach. Nach ihrem Verständnis hätte *oder* durch *indem* ersetzt werden müssen. Alois wollte über solche Haarspaltereien nicht reden. Edith jedoch hielt die Frage für relevant. Wenn sie gewußt hätte, wie sie danach fragen könnte, ohne Lucille zu sehr zu verletzen, hätte sie ihr dieses Problem vorgelegt.

Nach Jahren in Amerika hatte er sich immer noch nach einem Kipferl zum Frühstück gesehnt. Mit Alois und Edith waren sie in Tirol auf Urlaub gewesen, vor Jahren, der Kellner mußte es büßen, daß im Brotkorb kein Kipferl, nicht einmal ein Briochekipferl war. So kannten ihn die beiden gar nicht. In Wien gab es keinen Tag, der nicht mit einem Butterkipferl begonnen hätte.

Der Beamte hatte noch nie in seinem Leben so unangenehme Gefühle beim Anblick nackter Frauen gehabt. Eine Seite nach der anderen blätterte er weiter, nichts. Jedes einzelne Blatt inspizierte er genau, blätterte weiter, nichts.

Sie folgten ihm überall hin. Sobald er sich am Fenster zeigte, schossen sie Photos. Wenn er den Hund hinausließ, waren sie da. Sie folgten ihm in Taxis, im Bus und zu Fuß. Sie wunderten sich, wie er das ertrug. In der Situation waren schon andere Kaliber nervös geworden. Manchmal lächelte er ihnen zu. Natürlich nicht denen vom Fernsehen. Dem ORF gab er ein Exklusivinterview.

Sie war Kellnerin, gut erhaltene Mittdreißigerin, geschmackvoll gekleidet. Lucille sah das Photo im *profil.* Ob Felix sie getroffen hat, als sie in die USA gekommen ist?

Sie arbeitete in einem kleinen Kaffeehaus in Wien. Ob er sie Edith vorgestellt hat? Eher nicht. Edith hätte Lucille sicher davon erzählt.

Der Koffer sah aus wie viele Koffer ausschauen, schwarz, zwischen den beiden Schnallen ein Henkel, dessen Leder an der Innenseite aufgerissen war, weshalb ihn das Metall in die Hand geschnitten haben muß, wenn er Schweres mit sich herumtrug. Mikrofilme waren nicht schwer.

Edith wollte Lucille eine Karte schreiben. Damit sie wußte, daß sie auch jetzt nicht allein war. Und damit sie sah, daß sie damals eine schlechte Wahl getroffen hatte. Glücklicherweise, denn Edith wußte ihren Alois zu schätzen.

Gehörten die Hofräte auch zu ihrem Kundenstock? Sie würde notfalls auch sich selber fesseln lassen, da das Fesseln von Kunden in ihrem Programm war. Gingen die Hofräte gemeinsam hin? Was Edith darüber denkt, würde Lucille gern wissen.

Liebste Lucille, ich hoffe, Du weißt, daß sowohl Alois als auch ich trotz allem für Dich da sind. Sei versichert, wir tun alles, was in unserer Macht steht. Nimm es nicht zu schwer. Auch wenn Du darüber lächeln solltest, ich bete für Dich. Edith.

Im Notizbuch war ihre Adresse vermerkt, jeder einzelne Termin säuberlich notiert. Im Schnitt war er einmal pro Woche bei ihr gewesen. Da mußte er doch geradezu was dazuverdienen. Vierstellige Beträge wöchentlich auszugeben, das mußte ihn finanziell überfordern, und die Russen werden genug geboten haben. Vor dem Ausschuß verneinte sie, daß die Russen direkt an sie gezahlt hätten. Felix habe das Geld immer auf das Bord unter dem Spiegel in der Diele gelegt.

Lucille nahm Abstand davon, Edith anzurufen. Sie würde keine Auskunft geben können. Sie würde keine Worte finden. Alois? Er würde nervös auflachen und ihr versichern, daß sicher nichts an der Geschichte dran sei. Wenn der wüßte!

Da waren noch andere dubiose Termine notiert. War das der Franzose? Der Finne? Der hatte auch in Wien gewohnt, bevor er sich in den Osten absetzte. In Paris hatte er ihn getroffen; als der Koffer unter dem Tisch stand, war der Franzose am Flughafen.

Durch Lucille hatten sie einander kennengelernt und sofort gemocht. Alois hatte Felix aus den Augen verloren, obwohl die Zeitungen schrieben, daß sie während all der Jahre in engem Kontakt gestanden seien.

Ab und zu trafen sie einander zufällig, da war nie Zeit gewesen, sich wirklich zu unterhalten. Bis Felix nach Wien kam: Ab da waren sie tatsächlich eng befreundet. Man konnte doch Alois keinen Strick daraus drehen, daß er mit einem Menschen befreundet war, von dem niemand wußte, daß er Spion war.

Vor dem Ausschuß sagte sie aus, daß sie außer Felix schon längere Zeit keine Kunden mehr empfing. Freuten sich die Hofräte deshalb über die Karte? Vielleicht war eine der Gefesselten der Kellnerin ähnlich. Wir wissen nur, wie das Gesicht und die Beine der Kellnerin ausschauen. Hatten die Hofräte geplaudert? Alois war vom Mißbrauch seines Vertrauens menschlich tief enttäuscht.

Felix wußte, daß er einen schweren Stand hatte. Nach der Wahl 1986 hatte ihn sein Bedürfnis nach

Ruhe und Trost zu Felix geführt. Schon wegen Alois' Karriere hätte Felix nie zu dieser Frau gehen dürfen, nie Briefmarken sammeln.

Möglicherweise war es nicht das Geld, das ihn zu einem Nebenverdienst zwang. Schließlich war es beim Vermögen seiner Gattin egal, ob er zum Haushalt etwas beisteuerte. Er könnte seinen Verdienst ganz für sich gehabt haben, dann wären vierstellige Zahlen, sogar wöchentlich, niemandem aufgefallen.

Sie hatte versucht, auch Felix loszuwerden. Er hatte sie jedoch inständig gebeten, bei ihm eine Ausnahme zu machen. Sie kennten sich schon so lange und er fände es leichter, sich bei ihr als bei einer beliebigen anderen zu entspannen. Er würde ein bißchen drauflegen, damit die Miete für das Zimmer sie in keiner Weise belastete. Mit ihrem Verdienst als Kellnerin hätte sie eine kleinere Wohnung nehmen müssen, deshalb willigte sie ein.

Die Philatelie ist eine Wissenschaft, in der sich der Laie nicht zurechtfindet. Lucille hatte immer schon befunden, daß das Sammeln moderner Kunst weniger anstößig sei als dieser geheimnistuerische Zeitvertreib.

Damit sie das Flair der Briefmarken mitbekäme, hatte er sie vor Jahrzehnten einmal in Innsbruck in ein Geschäft mitgenommen, in dem alte Männer und eine jugendliche Hexe saßen, die rauchend Marken ansahen und Felix, damit er wieder ginge, ein Album verkauften.

Einer der Hofräte könnte geplaudert haben, könnte sich die gute Geschichte über den Masochisten im Vorzimmer der gestrengen Herrin aus Amerika nicht verkniffen haben. Der KGB hat seine Ohren überall, könnte an ihn herangetreten sein und erwähnt haben, daß man erstens die prüde Freundin des Präsidenten oder deren ängstlichen Nachfolger von seinem Hobby in Kenntnis setzen und — als Draufgabe — Lucille mit einem Brief erfreuen, auch mit Photos.

Lucilles Tochter wartete täglich darauf, ein Photo ihres Vaters auf der ersten Seite zu sehen. Wie er am Boden lag, gefesselt vielleicht, auf alle Fälle nackt. Daneben eine in Leder gekleidete Frau mit einer Peitsche. Sie beobachtete ihre Mutter, wenn sie die Post hereinbrachte, und versuchte an deren Gesicht abzulesen, wie weit man gegangen war.

Edith fuhr in diesen Wochen ausnahmsweise mit dem Auto in die Schule. In der Garage stieg sie in den Wagen, den der Chauffeur des Außenministeriums, ohne das Garagentor zu schließen, in den ersten Bezirk lenkte. Edith wollte nichts kommentieren, wollte nicht befragt werden, ob sie sich nicht über ihre Menschenkenntnis wundere. Als Schuldirektorin sollte sie doch wissen, was in den Menschen steckt.

Lucille wäre von einem Brief des KGB nur insofern überrascht worden, als sie normalerweise keine Post von Institutionen dieser Art bekam. Daß ihr Gatte sein Gehalt für Dinge ausgab, von denen eine Frau ihrer Stellung nur vom Hörensagen weiß, hatte sie schon lange gewußt, ohne konkrete Beweise zu haben. Sie war froh, daß sie keine Photos zu sehen bekam. Felix hätte ihr noch mehr leid getan.

In Wien gaben sich die verschiedenen Geheimdienstleute die Klinken in die Hand, immer schon, aber besonders nach 45. Ob die Kellnerin vom KGB angegangen worden war? Sie gab an, daß sie außer den FBI-Leuten, die sie in Wien, noch dazu im Kaffeehaus, aufgesucht hatten, nie vorher in ihrem Leben mit Menschen dieser Berufsgruppe zu tun gehabt habe.

Alois wünschte sich, daß noch jemand im Haus wäre. Mit Edith konnte er darüber nicht reden. Und über andere Themen konnte er im Moment nicht reden. Edith fragte ihn, ob sie der Köchin sagen solle, daß diese für Donnerstag, den einzigen Abend, den sie in dieser Woche noch gemeinsam verbringen würden, Kalbsvögerl vorbereiten solle.

Lucilles Tochter rief Edith an. Ob in Wien alle so seien wie ihr Vater, wollte sie wissen. Natürlich nicht, Wien ist ganz anders als, ich meine, man weiß schließlich nicht, wie dein Vater ist. Jetzt wissen wir das nicht mehr. Aber du wirst sehen, das wird sich alles aufklären.

Als sie nach Hause kam und die Peitsche offen dalag, dachte sie, Felix sei in der Wohnung gewesen. Er habe sich, bevor er ihr den Schlüssel zurückgab, noch einen Nachschlüssel machen lassen. Sie suchte nach einer Notiz, einer Nachricht. Nichts, selbst die gelbe Rose, die er sonst immer hingestellt hatte, fehlte.

Lucille lachte, als ihre Tochter ihr von dem Telephonat erzählte. Arme Edith!

Felix rief Alois im Amt an. Unter den gegebenen Umständen verstehe er gut, wenn Alois sich weniger loyal gebe, als er eigentlich sei. Er bedankte sich für die zurückhaltenden Aussagen, die Alois dem ORF gegenüber gemacht hatte. Und, ob er Edith daran hindern könne, sich zu der Sache öffentlich zu äußern? Damit würde sie weder mir, noch dir oder sich selber einen Dienst erweisen. Er wußte nicht, daß Edith alles andere wollte, als über den langjährigen Freund ihres Gatten mit Journalisten zu reden.

Die DDR hatte Felix zwanzig Jahre in ihrer Kartei für CIA-Agenten geführt. Man sah keinen Grund, ihn auszuweisen, er war bereits enttarnt.

Die Kellnerin hatte sich in der Zwischenzeit doch eine neue Wohnung genommen. Die alte konnte sie sich nicht mehr leisten, zudem fühlte sie sich nicht mehr wohl drin, seit sowohl die österreichische Staatspolizei als auch der CIA dort nach geheimen Kameras, nach Leitungen oder Wanzen gesucht hatten. Insbesondere in dem Zimmer, für das Felix sozusagen die Miete bezahlte.

Ich wundere mich, daß so ein Theater um die Sache gemacht wird. Daß ein Diplomat beim CIA ist, ist nicht so ungewöhnlich. Und daß einer umgedreht wird, auch nicht. Der Ausschuß arbeitete Tag und Nacht, trotzdem fanden sie nichts Belastendes. Nicht einmal der Wirbel schien noch gerechtfertigt, Briefmarken, sagte Felix, habe er mit dem Franzosen getauscht. Er hatte seit Jahren Marken gesammelt. Eine besondere versprach der Franzose aus dem Osten zu bringen, die sei vor dem Krieg in den Osten gekommen und dort geblieben.

Lucilles Tochter fragte ihre Mutter, ob sie sich nicht scheiden lassen wolle, ob sie es nicht ihrer Würde als Frau schuldig sei, sich von einem Mann zu trennen, dessen langjährige Hure gerade medienwirksam in Washington angekommen sei.

Er hätte nie für den Osten einen Finger gerührt, wenn nicht der KGB gedroht hätte, bekanntzugeben, daß er schon seit Jahrzehnten enttarnt war, mutmaßte Lucilles Bruder. Er, der Versager auf allen Linien, konnte den Gedanken nicht ertragen, daß er wieder nur zweite Wahl sein sollte.

Felix wurde zusehends ruhiger. Je mehr ihm folgten, desto sicherer war er, daß der Ausschuß nichts fand und auch nichts konstruieren konnte, um ihm am Zeug zu flicken. Je mehr die im Ausschuß schwitzten, desto häufiger ging er aus, fuhr mit dem Bus in die Stadt und ging in ein kleines Kaffeehaus, das — überflüssig es zu sagen — Kipferl zum Kaffee servierte, weil der Besitzer es 1938 vorgezogen hatte, Wien den Rücken zu kehren. Leider brachten weder die *New York Times* noch die *Washington Post* je ein Bild von ihm, wie er gerade das Butterkipferl in den Kaffee tauchte oder genüßlich hineinbiß. Sie bevorzugten Photos, die in den Straßen und im Bus aufgenommen wurden. So sah es aus, als ob er auf der Flucht sei.

Als sie heirateten, hatte Lucille Felix geliebt. Er machte Karriere, was unter anderem mit ihrem Geld zusammenhing. Das war in Amerika üblich. Sie versuchte, seine Bedenken zu zerstreuen, weil er auch als Amerikaner dieser europäisch-kindischen Vorstellung von Aufstieg, jedoch ohne jede Protektion, es sei denn durch einen Parteifreund, anhing. Sie wünschte, er würde Karriere machen.

Edith hatte immer wie ihr Gatte Lu zu ihr gesagt, auf der Kondolenzkarte hatte sie trotz all der beschworenen Gemeinsamkeit auf den Kosenamen zugunsten des der Situation angepaßt erscheinenden, distanzierteren, gesamten Vornamens verzichtet.

Die nunmehrige Kellnerin hatte den Beamten genau erzählt, wie sie und Felix sich die Zeit vertrieben. Den Beamten wollte nicht klar werden, daß sie nichts miteinander geredet hatten, was für sie von Belang sein könnte. Schließlich habe Felix dafür bezahlt, sich bei ihr entspannen zu dürfen.

Ob es ihr denn gefallen habe, wollte einer wissen. Bevor sie antworten konnte, wurde der Fragende zur Ordnung gerufen.

Lucilles Tochter verstand nicht, weshalb Felix mit ihr redete, als ob nichts geschehen sei. Du tust, als ob nichts passiert sei, sagte sie zu ihm, woraufhin er sich nur zurücklehnte, sie ansah, nur in den Mundwinkeln lächelte und schließlich sagte: Es ist auch nichts geschehen.

Das Burgtheater hatte die Plätze reserviert, niemand war gekommen. Vier Plätze, von denen jeder einzelne pro Aufführung mit tausend Schilling subventioniert war, blieben trotz großen Andrangs leer. Nachdem die Sache mit Felix ans Licht der Öffentlichkeit gekommen war, dachten weder Edith noch Alois daran, daß sie vor Monaten die Karten hatten reservieren lassen, weil Lucille und Felix zu diesem Termin wieder in Wien sein wollten.

Lucilles Tochter konnte sich nicht damit abfinden, daß ihre Mutter mit ihrem Vater sexuell verkehrt haben mußte. Schmerzlich war sie sich dessen bewußt, daß sie selber der schlagende Beweis für diese gräßliche Annahme war.

Lucille wollte, daß Felix Karriere machte. Nicht ihretwegen, sie hatte durch ihren Vater und das von ihm geerbte Geld Zutritt zu den Kreisen, in denen Felix erst als Botschafter, wenn auch nur in Österreich, gleichberechtigt wäre. Damit er sich wohlfühlte, sollte er Botschafter in Wien werden. Wer weiß, hatte sie gedacht, von Wien könnte er den Sprung nach Moskau schaffen.

Den Koffer hatte ihm Lucilles Tochter zu Weihnachten geschenkt. Er hatte ihn benützt, obwohl der

Griff bald auszufransen begann. Seiner Tochter sagte er, als ob sie noch zehn wäre: Den Koffer nehm ich, weil er von dir ist.

Die Kellner in dem Restaurant hatten sich höchst kooperativ gezeigt. Die Beamten hatten erwartet, sie zugeknöpft zu finden, doch Felix mußte sich in der Vergangenheit als knickrig erwiesen haben. Sie erinnerten sich vielleicht deshalb so genau an die Tage, an denen Felix zuvor mit dem Franzosen hier gegessen hatte.

Nach einigen Jahren hatte sich etwas wie Verachtung eingeschlichen. Felix schaffte es nicht, jemand zu werden. Er blieb Sekretär. Das hat sie nicht sonderlich gestört, genausowenig wie seine allzu offensichtlichen Verhältnisse, wie sie gedacht hatte, bevor sie von der jetzigen Kellnerin wußte. Aber seine ängstliche Unterwürfigkeit, ihr gegenüber, wenn er von seiner vermeintlichen Freundin kam, den VIPs gegenüber ständig, die fand sie schwer erträglich.

Die Hofräte waren befragt worden, doch sie gaben alle in beinahe identischem Wortlaut an, von nichts etwas zu wissen, sich niemals Gedanken gemacht zu haben und im übrigen mit dem Verdächtigen nicht ganz so gut bekannt zu sein, wie das die Zeitungen berichteten.

Der CIA hat den Spitzendiplomaten bei der Übergabe des Koffers an einen KGB-Agenten in Paris ertappt. Beweisstück für die Enttarnung des Superspions war ein Videoband, las Felix in einem Magazin.

Wie er in seiner einem Amerikaner unnachahmlich scheinenden Art eines zweiten Oberkellners hastig zustimmte, wenn einer von den Freunden und Bekannten der Familie dieses oder jenes zur Weltlage meinte. Wie er mit dem Glas stets in der rechten Hand dastand, es immer erst in die linke transferieren mußte, wenn er einem Neuankömmling die Hand schüttelte, diese Tolpatschigkeit. Die persönliche Sekretärin des Präsidenten war ohne Zweifel geschmeidiger, nicht im Geiste, in den Umgangsformen, das mußte sie sein, als nachmalige Gattin eines Hoteliers.

Wien war schockiert. Er hätte das geheimer machen sollen. Aber schließlich war er Amerikaner geworden, die verstehen sich nicht auf Diplomatie. Rums, mit der Tür ins Haus, so war auch Felix geworden. Schließlich haben manche von uns ein paar Leichen im Keller, net wahr, rauskommen darf halt nix. Nichts mit Spionage, wo denkst denn hin? Auf privatem Gebiet. Ich könnt nur sagen, worüber man ohnehin munkelt. Nichts ist bewiesen, geredet wird über die Schwulität eines ehemaligen Parteisekretärs und über die mit dem Dienstauto erfolgenden Damenbesuche eines ehemaligen Finanzministers. Die Trinkgewohnheiten eines ehemaligen Bankengenerals. Der Kollege wüßt Genaueres, aber der sagt nix.

Felix las nach vierzehn Tagen keine österreichischen Zeitungen mehr. Dort war sein Fall erledigt.

Er kaufte sich den ersten Teil des *Mannes ohne Eigenschaften* auf Englisch. Was Kreisky daran gefunden hatte, blieb ihm unklar. Er verhungerte nach den ersten siebzig Seiten. Er blätterte nach hinten, um die Kapitel zu finden, in denen Ulrich und Agathe..., aber da stand nichts Konkretes.

Lucille war hin und wieder ganz gern in Wien gewesen. Mit all den ehemaligen Ministern auszugehen, vermittelte ihr das richtige Europa-Gefühl. Obwohl sie aus durchaus verschiedenen Gründen nicht mehr im Amt waren, wurden sie überall hofiert wie der Kaiser persönlich. Diese joviale Art zu sagen: Da werden mir schaun, was ma machen können, erinnerte sie an ihren Vater, der auch immer im majestätischen Plural gesprochen hatte, vorgab, seine Firma zu meinen und nie im Leben daran gedacht hatte, irgendwen um seine Meinung zu fragen.

Für Felix hatte sich wirklich nichts geändert. Er wohnte mit seiner Frau und der Tochter in seinem Haus. In ein paar Wochen würde kein Hahn mehr nach ihm krähen. Er würde karenziert werden, bis er in den Ruhestand versetzt würde. Endlich könnte er sich seinen Briefmarken widmen. Niemand, weder der Franzose noch irgendeines dieser Exemplare von überall identischen Geheimdienstlern, würde ihn mehr belästigen.

Lucille hätte Felix zu gern gefragt, was genau in der Wohnung der Kellnerin vorgegangen war. Im Grunde war er wie Edith und Alois. Nie im Leben würde er, ohne halb zu versterben, über seine Sexualität reden können. Im Grunde war er wohl noch verklemmter als Edith und Alois. Er war so verklemmt, daß er den Ausweg bei der Kellnerin brauchte, sonst wär er an seiner Verklemmung erstickt.

Was den Franzosen übrigens eingefallen war, den Amerikanern zu gestatten, in Paris zu arbeiten, konnte Felix nicht begreifen. Allgemeine Sicherheitsinteressen. Der Osten war damals noch nicht frei. Nicht daß es ihn störte. Ihm war gleich, wer den Koffer mitnahm. Hauptsache, irgendwer spielte in der Inszenierung mit.

Lucille überlegte scherzhaft, ob sie die Kellnerin fragen sollte, was bei den Sitzungen vor sich gegangen war. Die war nicht verklemmt, die würde den Maßnahmenkatalog sicher auswendig herunterplappern, ohne sich auch nur im geringsten zu genieren. Professionalität gefiel Lucille.

Er wunderte sich in seiner Eigenschaft als ehemals aussichtsreicher Kandidat für einen Botschafterposten, in dessen Anforderungskatalog neben guten Manieren ein erhöhtes Maß von Einschätzungsvermögen bezüglich der Beziehungen zwischen souveränen Staaten verzeichnet war.

Vielleicht hatten sie recht gehabt, er war kein Botschaftertyp. Ein idealer Sekretär, der die wirklich wichtigen Sachen erledigt, ohne daß der eigentliche Botschafter das geringste davon weiß.

Vielleicht hatte die Kellnerin Felix nicht nur gegen Geld bedient? Sie hat ihn noch zwei Jahre, nachdem sie sich verändert hatte, bei sich empfangen. Nur des Geldes wegen? Sie würde Felix fragen, ob seine, äh, Prostituierte, sie mochte dieses Wort nicht, sie würde sagen, seine kleine Hostesse, eigentlich gewußt hat, daß er in der amerikanischen Botschaft beschäftigt war.

Die Hofräte ärgerten sich über ihre Unverfrorenheit, die Karte über dem Stammtisch aufgeklebt zu haben. Der Wirtin ist das ohnehin nicht recht gewesen, aber was konnte sie gegen den Stammtisch ausrichten?

Felix fragte Lucille, ob sie sich sehr gestört fühle durch die Artikel in den Zeitungen und die Belagerung vor dem Haus. Sie wirkte sehr ruhig. Aber er wußte nie, ob nur ihre Fassade oder ob sie selbst wirklich so ruhig war. Da sie davon ausgehe, daß sich die Hoffnung auf ein Wiederabflauen des Trubels nicht als völlig irrig erweise, meinte sie, sei sie gefaßt und ruhig.

Wenn sie wieder einmal in Wien wären, würde sie in das Kaffeehaus gehen und sich die Dame einmal aus der Nähe anschauen. Ob sie sie ansprechen würde, hing ganz von den Umständen und dem Eindruck, den sie gewann, ab. Amüsant wäre es, wenn Felix mit von der Partie wäre, sicher hätte das Kaffeehaus Kipferl. Wenn nicht, würde die Dame gewiß gern welche holen.

Die Freunde der Familie riefen an, sagten Lucille, daß sie tief bedauerten, daß sie, Lucille, in eine so scheußliche Sache hineingezogen worden sei. Ob Felix sich der Tatsache bewußt sei, daß an Spione in diesem Land kein Mitgefühl verschwendet werde. Die Freunde ihres Vaters hatten im übrigen immer gewußt, daß Felix eine Null, ein Niemand war und bleiben würde.

Edith machte sich Sorgen um die Karriere ihres Gatten. Die Journalisten in Österreich wühlten ständig im Dreck, um Politiker zu Fall zu bringen. Alois hatte das nicht verdient. Seine sogenannten Parteifreunde hatten ihn schon gezwungen, die Obmannschaft und das Vizekanzleramt zurückzulegen. Nun würden die Journalisten versuchen, ihm was anzuhängen. Sie würden schreiben, daß auch Alois bei der Frau gewesen sei, nur damit sie der SPÖ wieder das Außenamt zuschanzen konnten.

Lucille hatte die Idee, Felix unauffällig in die Stadt zu folgen. Zu gern hätte sie gewußt, ob er sich nun hier eine Hostesse suchte. Zuzutrauen war ihm das. Sie hatte nie vermutet, daß er so kaltblütig sein würde in einer Situation, die ihn auf Jahre hinter Gitter bringen konnte. Die Reporter waren ständig hinter ihm her. Eine Abordnung blieb beim Haus, folgte ihr, wenn sie ausging. Er hatte wohl doch noch keinen Ersatz.

Lucilles Tochter wurde magersüchtig. Sie wollte sich nicht behandeln lassen. Die Abneigung gegen Seelenärzte hatte sie von ihrem Vater, dem gebürtigen Wiener, geerbt.

Am Nachmittag, wenn Felix im Fauteuil am Fenster saß, Zeitungen auf den Knien, manche davon Wochen alt, ertappte er sich dabei, wie er haltlos lachte. Er stellte sich das Gesicht des Beamten vor, der in den zeitlosen Ausgaben des *Hustler* und *Penthouse* — Hefte übrigens, die er seit Jahren nicht mehr kaufte — aus den Jahren 84 und 85 blätterte.

Irgendwie bewunderte sie ihn, wie er da saß, niemandem ein Sterbenswörtchen sagte und sich noch zu amüsieren schien. Nach beinahe dreißig Jahren erinnerte sie nichts mehr daran, weshalb er ihr einmal gefallen hatte. Nun mußte sie erst herausfinden, ob sie an dem neuen Felix etwas finden könnte, das ihr gefiele.

ALS ICH VON meinem Beruhigungsspaziergang zurückkam, saß Martin am Küchentisch und starrte vor sich hin. Der Salat stand noch auf dem Tisch. Daneben lag die Schachtel mit den Briefen, wie ich sie hingeschmissen hatte, einige waren herausgefallen. Das Manuskript schien ebenso unberührt.

Ich muß mich entschuldigen. Ich weiß nicht, wie ich — es tut mir leid, daß ich dir — eine Ohrfeige gegeben habe.

Martin sagte nichts, starrte auf das Manuskript und räusperte sich: Können wir über diese — über — können wir jetzt reden?

Ja.
Was ist los?
Was meinst du, daß los ist?
Stell bitte nicht auf jede Frage eine Gegenfrage. Wenn du nicht reden willst, muß ich das respektieren. Aber wenn du reden willst, dann — dann rede mit mir.
Ja.
Also, was ist los?
Reden wir über die Texte?
Ja, auch. Auch sonst — die Ohrfeige.
Ich habe schon gesagt, es tut mir wirklich leid, ich entschuldige mich, ich weiß nicht, was ich dazu sagen könnte.
Mir stiegen wieder die Tränen auf. Halb aus Wut, weil ich mich mit gräßlicher Zielstrebigkeit ins Unrecht manövriert hatte, und halb aus Schuldbewußtsein, weil ich mich so hatte gehen lassen.
Bitte wein nicht, lassen wir die Watschen. Reden wir über die Texte?
Über die Texte, ja.
Das was du mir da gegeben hast, dieses Hansi — was willst du damit? Und warum zeigst du mir das nicht? Warum machst du aus diesen eigenartigen Sachen ein Geheimnis?
Das weiß ich nicht. Das heißt, ich weiß schon, aber das ist nicht so einfach zu sagen. Ich —
Was findest du eigentlich an dem Bloch?
Wie meinst du das?
So wie ich das sage, was findest du an Typen wie Bloch, daß du dich hinsetzt und seitenweise über ihn schreibst. Da muß man sich ja das Hirn zermartern, daß man da mehr als einen Satz schreiben kann. Deshalb möcht ich wissen, was du an dem findest.

Er ist eine interessante Figur.

Was ist interessant an dem? Und an all den anderen eigenartigen — das ist das mindeste, was diese Texte sind — Sachen, die du da schreibst.

Na, der war Spion, hat in den höchsten Kreisen verkehrt, insbesondere in ÖVP-Kirchen-Kreisen, und ist zu einer Domina gegangen. Das ist wohl Grund genug, ihn interessant zu finden.

Bislang hab ich noch nicht bemerkt, daß du dich für höchste, ÖVP- oder Kirchen-Kreise interessierst.

Bleibt also noch der Spion und der Dominafreund?

Ja.

Na dann.

Was *dann*?

Das mit dem Spion liegt auf der Hand. Das interessiert jeden. Der le Carré lebt davon und zwar nicht schlecht, daß er sich mit Spionen beschäftigt, der ehemalige Stapo-Beamte in Wien übrigens auch, der lebt zwar nicht ganz so gut davon wie le Carré, aber immerhin.

Hast du jetzt plötzlich die Absicht, deinen schreiberischen Erfolg mit Spionageromanen zu erzwingen?

Wäre irgendwas dagegen einzuwenden? Du brauchst nicht diesen arroganten Ton anzuschlagen.

Ich frag dich nur ein paar Sachen, weil die zur Abwechslung einmal mich interessieren. Du haust mir eine runter und zur Rache bin ich ein bißchen arrogant, ist doch kein schlechter Tausch, oder? Könnt mir was Schlimmeres vorstellen.

Martin, bitte.

Na gut. Überall in diesen Texten kommen Perverse, Sexshops und lauter so Zeug vor. Das finde ich —

merkwürdig. Wenn der Bloch nicht pervers wär, dann hättest über den nichts geschrieben. Oder etwa doch?
Wenn er trotzdem Spion wäre, vielleicht schon. Möglicherweise auch nicht.
Eben, und das kommt mir ziemlich merkwürdig vor. Was findest denn an dem perversen Knacker?
Was ich an dem finde? Ganz ehrlich gesagt, schlicht und einfach das, daß er ein Mann ist, dessen — wie du sie nennst — perverse Männlichkeit offen daliegt. Bei dem ist vieles offengelegt worden, zum Beispiel, wie er sich im Verhältnis zu Frauen sieht. Der hat sich sozusagen partiell decouvriert. Die sogenannten Normalos sind strukturell genau wie Bloch, sie sind —
Halt, halt, noch einmal bitte, da habe ich was nicht mitgekriegt. Würdest du mich also interessanter finden, wenn ich pervers wär, wenn ich mich von dir fesseln lassen tät?
Was redest denn? Ich find den als Figur interessant, nicht als, als pff, als Mann oder was. Bei einer Figur wie Bloch liegt es offen da —
Was?
Das *What-makes-them-tick*: Der will was werden und was er wird, bestimmt in weiten Bereichen seine Sexualität. Die Antwort auf die Frage, was jemanden so weit bringt, immer weiter zu machen, egal womit, die ist mit Sexualität verknüpft. Oder sie halten das, was sie tun, nur aus, weil sie auf sexueller Ebene eine Art Remedium finden. Oder was weiß ich. — Gleichzeitig tun alle so, als ob es das *What-makes-them-tick* nicht gäbe. Daß der sich fesseln hat lassen, ist doch nur oberflächlich eine Unterwerfung, der ist exakt der gleiche Patriarch wie ein beliebiger anderer. An dem läßt sich gut zeigen, was passiert in einem x-beliebigen

Leben. Es geht um Strukturen. Es ist doch wurscht, womit genau einer die Oberfläche stört. Daß er sie stört, ist das Interessante. Bei dem ist offengelegt worden, womit sein Motor angetrieben wird. Die anderen verheimlichen, womit sie fahren.

Dieses *What-makes-them-tick*, gibts das nur für Männer?

Wahrscheinlich nicht. Aber in meinen Texten geht es nicht um Ausgewogenheit. Ich bin nicht der ORF.

In den letzten Wochen haben wir fast nie miteinander geschlafen, wahrscheinlich weil du an Typen wie den Bloch denkst. Und dann schreibst du Sachen, die du mir erstens nicht zeigst und die zweitens doch eine merkwürdige Sicht auf die Welt zeigen. Wie komme ich mir dabei vor, wenn du denkst, daß alle Männer wie der Bloch sind?

Nicht alle sind exakt eins zu eins wie der Bloch. Was ich meine, ist, daß bei dem sichtbar wurde, was bei anderen gut verschlossen bleibt. Der führt ein sogenanntes Doppelleben: Ehrbare Gattin, nette Tochter, einigermaßen erfolgreich im Beruf, eine Biedermeier-Sitzgarnitur und so weiter. Das haben alle gesehen. Daß da noch was war, hat man geflissentlich übersehen. Ich glaube nicht, daß sein *geheimes Leben* von niemandem erahnt worden ist. Ich denke, daß irgendeiner in seinem Freundeskreis das wußte. Nur die Frauen, die Gattinnen wissen nichts, die läßt man im Dunkeln. Und wenn sie was ahnen, glauben sies nicht. Trauen sich nicht, sowas zu glauben. Und ich erlaube mir zu extrapolieren. Wann immer über das Sexualleben eines mehr oder weniger Berühmten etwas an die Oberfläche kommt, egal, ob das der japanische Ministerpräsident, Bloch, Parkins oder wie der heißt, der englische Minister, Wenzel der Löwe oder der andere Typ — wie heißt der gleich? der — ist ja egal, dann ist die Öffentlichkeit überrascht und natürlich schockiert. Aber nur, weil einer erwischt worden ist. Nicht weil er eine Freundin hatte. Es ist ja auch völlig wurscht, daß jemand eine hat. Widerlich ist, daß so getan wird, als ob das nicht ohnehin üblich wäre. Die sogenannte Öffentlichkeit spielt vorzugsweise *Betrogene Ehefrau*. Manchmal auch *Lüsterner Voyeur*. Die Zeitungen schreiben *Enthüllungen*; als ob es noch nie vorher sowas gegeben hätte. Ich verstehe nicht, warum niemand wissen will — warum alle so tun, als ob sie nicht wüßten, wie es da unter der mit dem Einverständnis aller über die *Schweinereien* gestülpten Käseglocke zugeht.

Wieso wirst denn schon wieder so wild?

Ich werd nicht wild, aber es geht mir auf die Nerven, wenn du —

Wieso denn verdächtigen?

Wer hat was von verdächtigen gesagt? Ist ja wurscht, reden wir über etwas anderes.

Jetzt bitte, ich möchte nicht über etwas anderes reden, ich hab damit angefangen, weil ich das wissen möchte und hoffe, daß du mir das erklärst.

Wieso muß ich dir denn alles erklären, es gibt wohl Sachen, die gehen nur mich etwas an, das hat nichts mit dir zu tun, gar nichts, deshalb, —

Ich möcht lieber selber entscheiden, ob das was mit mir zu tun hat.

Ich versteh nicht, was es dich kümmert, wenn ich über etwas schreibe, ich tu ja nichts.

Ich glaub nicht, daß — ich weiß, daß du das nur schreibst, aber ich glaube nicht, daß du solches Zeug schreibst, ohne — in irgendeiner Form stellt das deine Sicht auf die Welt dar — ich finde es mindestens beunruhigend, wenn du dauernd solche Dinge denkst. Das ist deine Stellungnahme als Autorin zu —

Ein Aspekt dessen, was ich denke, ganz richtig. Da fehlt nur noch: Manchmal ist ein Text eine Frage an den Leser, oder eine — egal. Ganz richtig, und trotzdem werde ich dir jetzt nicht erklären, wieso ich über den Bloch oder sonst einen schreibe. Lies den Text, so findest du am ehesten heraus, was ich — ich lasse mich nicht in dem Ton — außerdem hab ich mit solchen Texten zum ersten Mal Erfolg gehabt. Was willst du mehr? Du wolltest doch, daß ich was erreiche. Daß was aus mir wird. Jetzt hab ich was erreicht und jetzt paßts dir wieder nicht.

Was mir nicht paßt, ist, daß das in aller Heimlichkeit geschieht. Du sagst mir nichts, es könnte mir passieren, daß mich jemand zum gloriosen Werk meiner Freundin beglückwünscht und ich weiß nichts davon. Wie steh ich denn da? Da du mir die Geschichte, diese, diese *Hardware*-Geschichte nicht gezeigt hast, muß ich annehmen —

Was denn?

Wieso schreibst du solche Sachen?

Weil sie sich mir aufdrängen. Lassen wir das, das führt zu nichts.

Ich bitte dich allen Ernstes, erkläre mir, wie du dazu kommst, solche Sachen zu schreiben, zu denken.

Eigentlich bin ich heute nicht der Verfassung, lange Erklärungen abzugeben —

Red bitte keinen solchen Stuß daher! Haust mir eine runter und — red nicht mit mir, als ob ich ein Idiot in einem Amt wäre!

Okay, am ehesten wirds wohl — auf der persönlichen Ebene gehen. So erklärt sich dann auch die Watschen. Ich bin dabei zu überlegen, ob ich —
Was —
Wenn du willst, daß ich was sage, dann unterbrich mich nicht. Präzise gesagt, ich bin dabei, zu erkunden, ob ich mich selber kleinlich oder kindisch finde, wenn ich seit ein paar Wochen ans Ausziehen, ans Beenden unserer Beziehung denke. Oder ob ich schon völlig im Weibchensein, im Sich-alles-gefallen-Lassen, im Nicht-zur-Kenntnis-nehmen-Wollen versumpft bin, wenn ich mir denke, ich bleib da, ich tu so, als ob ich nicht begriffen hätte, was gespielt wird, und es wird schon alles so sein müssen, wie es ist. —
Entschuldige —
Du unter —
Entschuldige, ich kann dir nicht folgen, ich unterbreche dich nicht mehr, wenn du mir nur bitte erklären könntest, wie du zu dieser Fragestellung kommst.
Du willst mit mir ein Kind?
Das weißt du doch.
Da kann ich nur sagen: *Ich hoffe, du kommst bald wieder. Ich vermisse dich. Doris.*

Teil III

Sandra, Herbert, Martin und ich

Ich saß in Herberts einzigem Fauteuil. Die Wohnung war noch halbleer und ich wartete auf einen Schluck zur Entspannung, den er aus der Küche holen wollte.

Der Kühlschrank ist noch nicht angeschlossen, leider ist der Sherry ein bißchen warm.

Das macht nichts.

Ihn schien das doch zu irritieren. Beunruhigend hartes Gläserklirren drang an mein Ohr. Dann war es still.

Nach einer Weile hörte ich, wie der Korken aus der Flasche floppte und der Sherry eingeschenkt wurde. Herbert kam ohne Komplikationen bis in die Diele, da läutete es. Er ging in die Küche zurück und stellte die Gläser mit dem Sherry auf dem Kühlschrank ab, ging in die Diele und öffnete die Tür. Von seiner Wohnungstür aus hatte man Einblick in die Küche, nicht in das Zimmer, in dem ich saß.

Grüß dich.

Grüß dich, ich wollte dir nur den Schlüssel bringen. Ich bin weder am Montag noch am Dienstag da, du mußt die Sachen allein aussuchen. Das heißt, kann ich schnell reinkommen, ah, du hast Besuch —

Da kannst trotzdem hereinkommen.

Nein, ich will nicht stören, ich seh, der Sherry ist bereit, da will ich wirklich nicht —

Stell dich nicht an, komm herein.

Mir kam die Stimme der Frau bekannt vor, es fiel mir nicht ein, wer das sein könnte. Das konnte nur mir passieren. Einmal möchte ich mich mit jemandem aussprechen und flugs kommt Besuch daher.

Na, bereden wir kurz, wie das mit den Möbeln ist, ich bleib nur fünf Minuten.

Ich war ziemlich erstaunt, meine verschollen geglaubte Sandra ins Zimmer treten zu sehen. Darf ich euch vorstellen, das ist Stefanie Holzer und das ist meine, äh, das ist Sandra Gruber. Sandra, ich hab noch keine Stühle, wenn du bitte mit der Kiste vorlieb nimmst? Ich schau, ob ich noch ein Glas finde. Damit war er wieder in der Küche.

Wir kennen uns vom Sehen, nicht wahr?

Ja, ich glaub auch.

Sind Sie aus Innsbruck?

Nein, ich, ich komm aus Oberösterreich, aber ich wohne schon ein Weilchen hier.

Wie mir das auf die Nerven ging, dieses Ausgefragtwerden. Noch viel mehr empörte mich seit Jahren meine Neigung, auf Fragen genaue, wahrheitsgemäße und überflüssigerweise ausführliche Antworten zu geben. Wieso erzähle ich nicht gleich auch noch, daß ich in Ostermiething geboren bin und was mein Vater von Beruf ist?

Sandra Gruber, kombinierte ich, mußte die Gattin Herbert Grubers sein. Das bedeutete, daß Herbert Gruber der war, dessen Samenzellen eines Schleuderganges bedurften.

Da ich gerade Martins vermutlich höchst intakte Spermien großspurig ausgeschlagen und nicht die Absicht hatte, Herbert in dieser Sache zu beanspruchen, konnte mir egal sein, ob es in seinen Hoden wurrlte oder still war, aber ich fand es übertrieben, solche Sachen zu wissen. Man sollte wirklich die Wände auf der Gynäkologie dichter machen. Das wenigstens müßte doch möglich sein.

Martin hätte in seiner enervierend praktischen Art sicher Abhilfe gewußt. Sandra schaute zwischen ihren übrigens sehr hübschen Schuhen zu Boden. Ich schaute die Wand an, an der sich bedauerlicherweise kein Bild, nur feine Risse in der Farbe zeigten. Herbert kam zurück.

Ich hab leider nur zwei Gläser.

Sowas kommt vor, insbesondere wenn man gerade beim Umziehen ist.

Es stellte sich die Frage, wer mit wem gemeinsam aus einem Glas trinken sollte. Sandra schaute interessiert und angespannt zwischen mir und Herbert hin und her. Sollten die beiden ehemaligen Gatten aus einem Glas trinken, die beiden Frauen aus einem, oder ich und Herbert?

Mir ist das gleich. Wenn es dich nicht stört, dann trink ich aus der Flasche, sagte ich, bevor mir schmerzlich bewußt wurde, daß ich schon wieder unweiblich die Initiative an mich gerissen hatte, wo ich mir doch vorgenommen hatte, nie mehr in meinem Leben so schrecklich dominant und prosaisch zu sein.

Das ist eine gute Idee, darauf wär ich nicht gekommen, meldete sich der Gastgeber zu Wort, überreichte ein Glas seiner ehemaligen Gattin, eines mir und beschloß, selber aus der Flasche zu trinken. Wir prosteten einander zu. Dann trat wieder Schweigen ein. Herbert saß neben Sandras Kiste auf einem Brett, das am Fensterbrett lehnte und schräg auf den Boden führte.

Besonders gemütlich ist das ja noch nicht, aber schließlich schaut es auch blöd aus, wenn wir alle drei auf dem Bett sitzen, haha, das Schlafzimmer ist als einziges bisher fertig eingerichtet. Das heißt ein Bett steht drinnen.

Das ist das wichtigste, sagte Sandra.

Grüne Neune, dachte ich und sagte Na, wenn es wenigstens was zu trinken gibt, ist alles andere nicht mehr so schlimm.

Ich möchte euch nicht lange stören, ich möchte nur schnell über die Möbel reden, weil ich, wie gesagt, am Montag und Dienstag nicht in Innsbruck bin.

Machst du einen Kurzurlaub?

Ich besuche meine Mutter. Nein, ich habe keinen Freund, falls du das wissen willst.

Wie hast du dir denn vorgestellt, daß wir das aufteilen?

Ehrlich gesagt, ich tu mich schwer, mich zu entscheiden. Sie werden lachen, sagte Sandra zuerst in meine Richtung, dann in die Herberts umschwenkend, am liebsten würd ich dir das Schlafzimmer geben. Ich mag das nicht mehr haben, aber jetzt hast du dir offenbar schon was gekauft?

Ja, deswegen kann ich mit dem Schlafzimmer auch nichts anfangen, ich hab mir ein neues Bett gekauft, und der Schrank, der paßt wahrscheinlich gar nicht ins Zimmer. Mein Schlafzimmer hier ist nicht so groß. Willst du es vielleicht sehen?

Nein, danke. Ein anderesmal vielleicht. Was willst du denn für Möbel haben?

Ehrlich gesagt, ich könnte das Wohnzimmer brauchen. Das sieht man ja.

Und ein paar Gläser vielleicht?

In der Art ging es eine halbe Stunde dahin, bis Sandra nach den dritten Glas Sherry feststellte, daß sie von allen Möbeln in ihrer gemeinsamen Wohnung ebenfalls die Wohnzimmereinrichtung am liebsten hätte und deshalb lieber doch über das Schlafzimmer reden würde.

Aber das willst du ja nicht?
Nein, das hab ich doch schon gesagt.
Herbert trank in nicht gerade kleinen Schlucken aus der Flasche, schenkte mir und seiner Ex-Gattin großzügig nach.
Ich werde jetzt gehen, ich hab noch was vor, Herbert, ich komm ein anderesmal wieder, hat mich gefreut, Sie —
Meinetwegen brauchen Sie nicht zu gehen, ich geh lieber —
Seids nicht kindisch. Ihr könnts mich doch nicht allein auf meinem Brett sitzen lassen. Wir bereden jetzt schnell das mit den Möbeln und dann können *wir* ja reden, ja?
Sandra ließ sich wieder auf der Kiste nieder und unterzog mich schweigend einer Musterung, die mir peinlich war.
Haben Sie bei Herbert studiert?
Ich? Nein, ich kenne Ihren, äh, Herbert durch meinen — ehemaligen Freund.
Was ist nun mit dem Wohnzimmer?
Kenn ich den Freund auch?
Das weiß ich nicht, er heißt Martin Maderthaner.
Martin Maderthaner.
Ja.
Hab ich den einmal kennengelernt?
Ich weiß nicht, ob ihr euch einmal getroffen habt, Martin ist einer von den Wirtschaftsmenschen, die bei uns am Institut manchmal was haben prüfen lassen. Können wir uns die Wohnzimmermöbel vielleicht aufteilen?
Wie schaut er denn aus?
Sandra, das ist ja wurscht —

Jetzt sag halt, wie schaut er denn aus?

Na, ganz gewöhnlich. Groß, schlank — ganz normal.

Nein, den hast du mir vorenthalten, einen Normalen hab ich nie kennengelernt. Schade, vielleicht hätte mir der gefallen? Glauben Sie, daß er mir gefallen hätte?

Sandra, vielleicht reden wir wirklich ein anderesmal über die Möbel, heute —

Nein, nein reden wir über die Möbel. Fassen wir zusammen. Ich will das Schlafzimmer nicht, du willst es auch nicht. Kann ich verstehen, ich hab auch keine guten Erinnerungen daran. An das Wohnzimmer haben wir offenbar bessere Erinnerungen. Komisch. Vielleicht waren wir da nicht so oft gemeinsam drin? Brauchen Sie ein Schlafzimmer?

Nein, danke, ich brauch eine ganze Wohnung. Schlafzimmer nützen mir im Moment gar nichts.

Ha, ja, das denkt man, wenn gerade wieder was in die Binsen gegangen ist. Waren Sie lange mit dem Normalen, wie heißt der gleich wieder? —

Bis vor kurzem hatte ich nicht das Gefühl, daß es schon lange dauerte. Ganz am Schluß war das plötzlich anders.

Am Schluß kommt einem die verplemperte Zeit immens lang vor. Man kann sich gar nicht vorstellen, was einen dazu bewogen hat, solange auszuhalten, nicht wahr? Kann ich noch einen Schluck haben?

Herbert schenkte nach, nahm selber, nachdem wir mit ihm angestoßen hatten, einen großen Schluck.

Was ist mit den Büchern? Willst du die behalten?

Wenn ich den Schrank nicht behalten kann, brauch ich die Bücher nicht.

Aber —

Nein, sagen wir so, ich hätt sie schon gern, die Bücher. Nur die Fachbücher von dir und das andere wissenschaftliche Zeug, das brauche ich nicht. Machen wir die Trennung so: Ich behalte die Belletristik und du nimmst Nachschlagewerke und all das. Männer brauchen das, damit sie ihren jungen Freundinnen imponieren können.

Entschuldigen Sie, ich bin nicht Herberts Freundin, ich bin nur —

Das hab ich mir gedacht, Sie sind auch nicht jung genug. Herbert hat sie lieber, wenn sie noch ganz knusprig sind, nicht wahr. Nicht daß Sie alt wären, aber Herbert hat wirklich die —

Jetzt hör aber auf, bitte.

Ja, ja ich hör schon auf. Wer ist denn deine Freundin, ist das noch die kleine —

Sandra!

Entschuldigung. Ich weiß nicht, was in mich fährt, eigentlich ist es mir wurscht, wer deine Freundin ist. Früher hat mich das aufgeregt, da bin ich wütend gewesen. Jetzt ists nur so eine Art Neugier. Im Prinzip ist mir das völlig wurscht. Ich wünsch dir mittlerweile sogar alles Gute mit deinen Schicksen. Hat Ihr — kann ich *du* sagen?

Ja, sowieso.

Hat dein normaler Typ auch nicht mit dir das Auslangen finden können?

Wissen Sie —

Du hast gesagt, daß wir uns duzen. Man redet sich viel leichter.

Ja, gut. Also ich möcht das nicht diskutieren. Mir kommt das ein bißchen zu —

Privat, ich weiß, ich hab auch nie drüber geredet. Das war alles *privat*. Keiner sollte von mir erfahren, daß ich eine *betrogene Ehefrau* war. Ich hab mich nämlich geschämt. Das muß man sich vorstellen. So blöd ist man hoffentlich nur einmal. Dafür hab ich dann einen *betrogenen Ehemann* aus dir gemacht. Auch nicht die neueste Idee. Im Prinzip war ich über deine Heimlichtuerei froh, Herbert. Ich hab immer gemerkt, was los war, aber mir blieb die Chance, so zu tun, als ob nichts wäre. Ich hab mein Gesicht wahren können. Ich war nämlich genauso blöd wie du. Du hast geglaubt, du verheimlichst das vor mir, und ich dumme Gans hab geglaubt, ich verheimliche das vor den Leuten. Dabei haben die das noch früher gewußt als ich. Haben Sie — hast du das auch gewußt?

Ich? Nein, ich kenne Herbert nur ein bißchen. Ich —

Hab ich was ausgeplaudert? Tut mir leid, Herbert, ich wollt dir nichts verpatzen, ha.

Sie haben ihm nichts verpatzt, ich bin hier, um —

Mit ihm zu reden, ich weiß.

Sandra, ich glaube, wir setzen die Möbeldiskussion am Montag fort. Jetzt geht das nicht. Du benimmst dich gräßlich, was soll ich sagen, ich muß mich entschuldigen.

Bitte, bitte, entschuldige dich bloß nicht für mich. Ich hab genug von dir und deinem Getue, du entschuldige dich für dich oder deine Schicksen, aber laß bitte mich in Ruhe. — Ich gehe, jetzt, sofort. Wenn ich mich Ihnen gegenüber, wenn ich etwas zu forsch, wenn ich Sie beleidigt haben sollte, dann tut es mir leid, ich wollte das wirklich nicht, ich habe gar keinen Grund, Sie zu beleidigen, ich hab nur gefragt, mir gehen in letzter Zeit so viele Sachen durch den Kopf.

Es tut mir leid, ich wär besser nicht gekommen. Ich weiß nicht, ich —

Nein, bleib doch noch, ich gehe auch gleich.

Nein, ich habe gestört, entschuldigen Sie, ich bin sonst nicht so. Es ist nur —

Es ist nicht leicht, gemeinschaftlich abgelebte Möbel aufzuteilen, das versteh ich. Machen Sie sich keine Gedanken.

Müssen Sie auch Möbel teilen?

Bitte, nicht schon wieder! stöhnte Herbert auf. Sandra hatte sich wieder auf der Kiste niedergelassen, Tränen standen in ihren Augen. Wir waren alle drei durcheinander und ein bißchen beschwipst. Plötzlich tat ich mir nicht nur mehr selber leid, sondern interessierte mich dafür, was sie über Herbert und die Trennung und all das dachte.

Nein, ich teile nichts, ich nehm mit, was ich in die Wohnung gebracht habe, der Rest gehört Martin.

Ist das der Normale?

Ja.

Ich würd ihm nicht alles lassen —

Ich will nichts von ihm haben.

Das sollen Sie auch nicht, blöd wären Sie, ihm nachzuweinen, nur würd ich ihm nicht alles lassen. Man muß den maximalen Streß produzieren —

Das hast du ja spielend geschafft, kommst daher und fängst an zu streiten und dann kommt noch heraus, du willst mir die Möbel gar nicht geben, behalt sie doch um Himmels Willen. Oder — ich werd noch verrückt. Wir haben das alles hunderte Male durchgekaut, ich hab es satt, bis daher! Ich hab genug davon, ich der Schweinehund und du das arme Hascherl, wer bin ich denn, daß ich mir das auch noch bieten lasse. Wer ist denn, bitteschön, in diesem blöden Bett, das weder du noch ich will, in eindeutiger Weise erwischt worden? Ich vielleicht?

Nein, ich. Ich hab dich nie erwischt, in flagranti. Das ist der einzige Unterschied.

Da hört sich jetzt wirklich alles auf. Ich hab dir tausendmal erklärt, daß das nicht stimmt. Außer Andrea war nichts — und es nützt nichts, ich erklär dir das nicht noch einmal. Verstehst du denn nicht? Wir sind geschieden. Geschieden! Da gibts nichts — absolut nichts mehr, was ich dir erklären oder beteuern muß. Aus. Vorbei. Finito.

Dir glaub ich kein Wort, du hast mich immer belogen. Selbst als du mich noch mögen hast, falls du mich jemals gemocht hast.

Ich denk, es ist besser, wenn du gehst, wirklich.

In dem Moment zauberte Sandra überraschend eine Liste mit den Möbelstücken der ehemals gemeinsamen Wohnung hervor.

Ich hab eine Liste, die gehen wir geschwind durch. Fangen wir im Bad an, ich nehme an, du willst keine eingebauten Sachen. Da steht Wäschekorb, du mußt nur ja oder nein sagen, ich mach ein Hakerl, wenn du das vorgelesene Möbelstück möchtest. Fangen wir an?

Ja, tu schon weiter.

Wäschekorb?

Nein.

Der ist aber praktisch.

Nein.

Damit sind wir in der Diele: Schuhschrank?

Nein. Der ist auch praktisch, aber sowas brauch ich nicht.

Schirmständer?
Nein.
Garderobenspiegel?
Nein.
Bist du aber heikel, der ist von deiner Tante.
Wenn du ihn loshaben willst, dann schmeiß ihn auf den Sperrmüll.
Der Spiegel ist ein Hochzeitsgeschenk gewesen, bist du pietätlos. Die Tante kommt mich ja nicht besuchen, nur dich, du brauchst den Spiegel.
Gut, dann nehm ich den Spiegel.
Dann sind wir in der Küche, die Einbausachen bleiben?
Ja.
Legst du Wert auf den Tisch und die Stühle?
Nein.
Wissen Sie, die sind von Ikea, die sind nichts wert.
Mach weiter, bitte.
Wie stehts mit den Bildern? Willst du die haben?
Ich weiß nicht, wenn dir nichts an ihnen liegt, ein paar hätte ich schon ganz gern.
Von mir aus kannst du alle haben. Die Bilder waren immer deine Sache. Wenn du sie nur hängen lassen könntest, bis ich den Maler bestellt habe, die hellen Stellen an den Wänden deprimieren mich. Das eine in der Küche, wenn ich das vielleicht haben könnte?
Sicher. Ich hol sie, wenn du mich anrufst, okay?
Ja, danke. Nun sind wir im Wohnzimmer: Couch?
Ja.
Das hab ich mir gedacht. Fauteuils?
Ja.
Rauchtisch?
Nein.

Den mußt du auch nehmen, wenn du schon die Couch nimmst. Ich hab den Tisch immer gräßlich gefunden, das mußt du zugeben.

Okay, dann nehm ich den Tisch auch.

So, der Schrank, willst du den?

Ja.

Die Kommode?

Die kannst du behalten, wenn ich den Schrank habe, dann kriegst du die Kommode. Ist das fair?

Ja, aber mir ist nicht wohl bei dem Gedanken, ich — der Schrank und die Kommode gehören zusammen, die waren schon beim Trödler nur zusammen zu haben. Wenn du den Schrank haben willst, kriegst du auch die Kommode.

Dann hab ich ja das ganze Wohnzimmer, du wolltest es doch nicht hergeben?

Ich will mich aber nicht mit dir streiten.

Wir haben schon soviel gestritten, daß einmal mehr nichts ausmacht.

Das kannst du nicht sagen, wir haben nicht immer gestritten. Am Anfang, die ersten Jahre —

Da fing Sandra zu weinen an. Wie unbehaglich man sich fühlen kann! Jemand mußte sie trösten. Herbert sah sich offenbar nicht in der Lage dazu, zögerte viel zu lange, legte dann doch den Arm um die Schultern seiner geschiedenen Gattin, die ihn abschüttelte. Da blieb mir wohl nichts anderes übrig. Ich war zu Herbert gekommen, um ihm zu erzählen, was mich belastete, um mich auszusprechen und nun saß ich da und tröstete seine Gattin, weil er ein Trottel war, wie sie sagte.

Wenn Herbert nicht immer mit den Sechzehnjährigen herumgetändelt hätte —

Bitte Sandra, ich bitte dich, hör auf mit diesen Lügen, ich kann das nicht mehr hören! Verstehst du denn nicht, wir müssen aufhören einander wehzutun, schrie der Beschuldigte aus seiner Ecke.

Nicht weinen, kommen Sie, hier ist ein Taschentuch, beruhigen Sie sich wieder —

Lassen Sie mich in Ruhe, Sie haben leicht reden! Ich mich beruhigen. Sie sind ja dabei, sich wieder zu etablieren. Ich bin die, die allein herumhockt. Sie haben leicht reden.

Angesichts meiner eigenen mir etwas verworren scheinenden Lebensumstände beurteilte ich Sandra Gruber als nicht schutzbedürftiger als mich selber und bereitete meinen Abgang vor: Wissen Sie, langsam gehen Sie mir auch auf die Nerven. Ich habe Ihnen — ich weiß gar nicht, wie ich dazu komme — schon dreimal erklärt, daß ich keine wie immer gearteten Absichten auf Ihren Gatten habe —

Ehemaligen! —

Wenn Sie es unbedingt wissen müssen, ich bin gekommen, um mich, jawohl mich auch einmal auszusprechen. Ich hab, auch wenn Sie das nicht interessiert, ein kleines Problem. Aber jetzt hab ich die Schnauze voll. Ich wünsch allseits eine Gute Nacht! Aufwiederschaun!

Zuerst war es still. Als ich die Wohnungstür geöffnet hatte, schrie das ehemalige Ehepaar durcheinander mir nach. Ich haute die Tür zu, jemand öffnete sie wieder, ich rannte die Stiegen nach unten und ging in Richtung Saggen. Am Inn entlang spaziere ich sehr gern, insbesondere am Abend, normalerweise traue ich mich nicht, weil man mir im Fall meiner Vergewaltigung vor Gericht sagen würde, daß ich selber schuld sei, wenn ich dort am Abend allein spazierenginge. An diesem Abend war ich derart echauffiert, daß ich jedem, der mich auch nur anredete, eine Ohrfeige verabreicht hätte, die sich ein jeder Vergewaltiger gemerkt hätte. Mit dem Gehen wurde ich ruhiger.

Martin war ausnahmsweise zu Hause. Mittlerweile fragte ich ihn nicht mehr, wo er wann gewesen war. Er hatte sich noch nicht so weit im Griff:
Wo kommst du denn her?
Ich konnte mich des Eindrucks nicht erwehren, daß Martin, obwohl wir offiziell *Schluß gemacht* hatten, ziemlich auf Nadeln zu sitzen schien. Ich schaute ihn an, hängte meine Jacke an die Garderobe und fing zu lachen an.
Möchtest du die Garderobe haben? Hahahahaha — ich lachte und lachte, Martin stand über mir, ich lag auf dem Teppich bei den Schuhen.
Spinnst du? Was ist denn los?
Ich konnte nicht aufhören zu lachen. Er wurde wütend, ich konnte nicht hören, was er sagte, ich sah ihn schreien und lachte noch mehr. Dann plötzlich — mir tat alles weh — fing ich zu weinen an. Martin legte den Arm um mich, half mir auf, ich streifte seinen Arm nicht ab, war noch nicht so weit wie Sandra, ich ließ mich von ihm trösten. Schluchzend erzählte ich ihm, wie blöd und elend mir die ganze Trennerei vorkäme, wie ich das alles haßte, und dann gingen wir miteinander ins Bett. Sozusagen zum Abschied.

Teil IV

Sandra und ich

ZWEI TAGE SPÄTER läutete das Telephon, es war Herbert. Er wolle sich entschuldigen, ob ich nicht den Besuch wiederholen wolle.

Nein, lieber nicht, danke, mittlerweile bin ich mir über einiges klar geworden.

Du glaubst doch nicht, was Sandra über mich — ?

Wie? O nein, das geht mich auch gar nichts an. Es ist nur, daß eine Aussprache am Sonntag wichtig für mich gewesen wäre. Jetzt, jetzt gehts mir schon viel besser. Die Decke bleibt oben, die Wände halten einen Sicherheitsabstand voneinander, ich fühle mich nicht mehr so bedrängt.

Hast du dich mit Martin versöhnt?

Versöhnt? Ja, wie soll ich sagen, wir haben uns versöhnt, auf irgendeine Art, ja. Ich — wir sind übereingekommen, daß keiner von uns beiden dem anderen wehtun wollte, daß es uns halt passiert ist. Wir mögen einander nicht dafür, aber man kann nichts machen.

Du bleibst also da wohnen?

Ah, so versöhnt meinst du? Nein, das nicht, ich ziehe aus, sobald ich was gefunden habe.

Wieso ich Herbert auf die Nase binden mußte, was ihn einen feuchten Kehricht anging, war eine Frage, die ich mir liebend gern beantwortet hätte.

Und du, hast du dich mit deiner — mit Sandra versöhnt?

Nein, bei uns beiden geht da nichts mehr.

Schade.

Ja, na ja. Ich ruf dich wieder mal an, wenn ich darf.

Ja, natürlich. Ruf mich an.

Eine Weile später läutete das Telephon wieder. Diesmal war es Sandra.

Ich rufe an, um mich bei Ihnen zu entschuldigen. Ich weiß nicht, was in mich fährt, es ist —, wenn ich Herbert treffe, dann tickts bei mir manchmal nicht mehr richtig. Ich bitte wirklich um Verzeihung. Mehr kann ich nicht sagen.

Sie brauchen auch nicht mehr zu sagen, es ist nichts passiert. Ich wollte mit Herbert reden, das habe ich nicht gemacht, dafür haben wir zu dritt geredet oder halt — egal, auf alle Fälle ists mir danach besser gegangen. Es ist also nichts passiert.

Herbert hat gesagt, daß Sie nett sind, ausnahmsweise hat er einmal recht. Wissen Sie, ganz so ein elender Kerl, wie ich sage, ist er gar nicht.

Das hab ich auch nicht geglaubt —

Ich wollte wirklich nicht stören —

Sie haben nicht gestört, wirklich nicht, ich habe nämlich tatsächlich keine —

Das hat er mir auch gesagt, er hat nämlich ein Auge auf Sie geworfen.

Was?

Na, kommen Sie, das werden Sie wohl gemerkt haben!

Aber wieso denn? Was —

Er ist ein Trottel. Ich habs ihm gesagt. Stellt sich an, als ob er noch nie in seinem Leben eine Frau —, lassen wir das! Haben Sie sich mit Ihrem Freund versöhnt, oder hat es einen Sinn, wenn ich versuche, mein schlechtes Benehmen wieder gutzumachen?

Wenn Sie damit meinen, daß Sie mir Herbert anpreisen wollen, dann hat das keinen Sinn.

Ich hab ihm versprochen, alles wieder gutzumachen. Wissen Sie, er ist nämlich ein Depp, spielt den James Lässig, weil ein paar Achtzehnjährige auf ihn

stehen, wenn er aber mit erwachsenen Frauen konfrontiert ist, hat er die Hosen voll, der Herr Casanova. Ich versteh mich selber nicht, wir sind seit zweieinhalb Jahren getrennt, seit vierzehn Tagen sind wir geschieden, weswegen ich mich immer wieder so aufführe seinetwegen, das möchte ich einmal wissen.
Mhm.
Ja, wissen Sie — waren wir nicht schon einmal per du?
Ja.
Gilt das noch?
Ja.
Also, weißt du, es ist zu blöd, am Sonntag haben wir noch geredet, lang, wenn wir Kinder gehabt hätten, dann wären wir vielleicht noch beisammen.
Glauben Sie das wirklich?
Manchmal, ja. Am Sonntag hab ich es geglaubt. Ich bin bei ihm über Nacht geblieben. Es ist eine Schande, aber so war das. In der Früh hab ich das Frühstück gemacht und dann bin ich gegangen. Ich weiß nicht —
Martin sagt, daß unsere Beziehung daran gescheitert ist, weil ich kein Kind wollte.
Glauben Sie das?
Ich weiß es nicht, im Moment, ich werde so leicht sentimental in letzter Zeit, denke ich, daß was dran sein könnte. Wenn ich aber genauer nachdenke, dann weiß ich sicher, daß das ein Blödsinn ist. Sicher, das ist ein Schmarrn.
Na, wie auch immer, ich hoffe, Sie sind mir nicht, du bist mir nicht mehr böse. Vielleicht trinken wir einmal ein Tasse Kaffee zusammen?
Ja, das können wir machen, und wenn du was von einer Wohnung, einer günstigen, hörst, wäre ich

dankbar für einen Hinweis. Es braucht nichts Besonderes sein.

Dann schenk ich dir mein Schlafzimmer, haha, nein, wenn ich was höre, ruf ich dich an.

Der geneigte Leser und die ebensolche Leserin haben es schon erraten. Ich habe eine günstige Wohnung gefunden, d.h. ein Zimmer in einer sehr günstigen Wohnung. Herbert zahlt den Großteil der Miete und ich bewohne sein ehemaliges Arbeitszimmer, das er völlig ausgeräumt hat, weswegen meine wenigen Möbelstücke alle hineinpaßten. Sandra und ich haben mittlerweile ungefähr eine gesamte nicaraguanische Kaffee-Ernte gemeinsam getrunken und uns dabei sehr angefreundet.

Einmal war die Anziehung so stark, daß wir erörterten, ob wir wohl unser Quantum an Homosexualität auszuleben versuchen sollten. Es handelte sich um keine prinzipiellen Einwände, die uns schließlich davon abhielten. Wir haben uns zu sehr gefürchtet, wußten nicht, wie man sich als Probe-Lesbierinnen begegnete, wußten nicht, wie man sich im Fall des Nichtgefallens wieder zurückzog. Das hatten wir nicht gelernt; recht und schlecht wußten wir, wie man Anbahnung und Geschlechtsakt mit Männern hinter sich bringt, aber mit Frauen waren wir überfordert. Wir beschlossen, auch wenn uns etwas entgehen sollte, weiterhin nur mit Männern Beziehungen zu haben. Ein Feindgeschlechtsbild genügt.

Nachtrag

Ich und ICH

DASS SIE DIESES Buch hier lesen, ist — abgesehen von Ihrer Ausdauer — Martin zu verdanken. Er war es, der auf seinen Streifzügen, bei seinem unermüdlichen Suchen nach der Frau, dem Kunstverstand und der wärmenden Wichtigkeit eine Lektorin kennenlernte, die wiederum einen Lektor kannte, der noch drei Monate vor dem glückhaften Zusammentreffen mit Martin — fast unnötig es zu sagen — ihr Ehemann gewesen war. Martin hat seiner neuen Freundin *Hardware/Software* und *Photos* zu lesen gegeben. Sie hat die beiden Geschichten nicht leiden können, was Martin erfreute. Sinngemäß argumentierte sie wie Ulrike Killer vom Klett-Cotta-Verlag, die schrieb: Ich bezweifle, daß unsere Leser sich viel aus Sandra und Stefanie machen würden. Natürlich gibt es Verlage, die eine derartig realistische Literatur gerne verlegen wollen; daß der Roman dazu noch feministisch daherkommt, ist sicher eine Erleichterung.

Martins neue Freundin hat jedoch vermutet, daß ihr Geschiedener, der auch so ein Perversling war, sicher was dran fände. Sie hatte recht. Ich habe nicht gefragt, was in dem Zusammenhang *Perversling* und *auch* heißen sollte.

Und weil wir gerade bei der Offenlegung von Betriebsgeheimnissen sind, ist anzufügen, daß ICH in der Form, wie ICH in dieser Geschichte gebraucht wurde, natürlich ein aufgelegter Blödsinn, ein Schwindel ist.
Ich —, nein fangen wir so an: Man könnte sagen, daß ich Sandra bin, was irgendwie hieße, daß Sandra das Erzähl-Ich wäre. Aber so stimmt das auch nicht. Genausowenig wie ich eins zu eins dem ICH in dieser Geschichte entspreche, so wenig entspricht Sandra

der Sandra. Alles, was erzählt wurde, ist zusammengestohlen aus den Leben verschiedener Männer und Frauen, und ich habe ruchlos dazuerfunden. Das heißt nicht, ich hätte irgendetwas aus der Luft gegriffen. Ich habe ausgehend von dem, was ich weiß, was man mir erzählt, meine Schlüsse gezogen; die Dinge wurden verschoben, gedehnt, verzogen, gerückt und gedrückt.

Sandras Geschichte kommt — worauf Angela Drescher vom Aufbau-Verlag brieflich hingewiesen hat — nie richtig in Schwung. Sandra und das Erzähl-Ich ergänzen einander, sind Teile eines hypothetischen ICHs, das für diese Geschichte aufgespalten wurde, um die Figuren plausibel zu machen.

Wieso überhaupt der Schwindel mit dem ICH? Lebensbeichten und dergleichen interessieren besonders dann, wenn man über jemanden, den man kennt, den man kennenlernen könnte, etwas erfährt. Wen interessiert schon, ob eine Person, die es gar nicht gibt, eine Kunstfigur also, glücklich oder unglücklich ist? Ein ICH, ein richtiges, mußte her, Sandra — und das sind alle Menschen, die ich kenne — stand mir zur Seite.

Sie können davon ausgehen, daß ich mich miteingebaut habe, sowohl in Sandra als auch in MICH. Aber keineswegs dürfen Sie annehmen, ich sei ICH. In kaum einem Roman geht es um einen Einzelfall ICH.

Wie käme ich auch dazu, Ihnen zu erzählen, wie es mir so geht?

Nicht, daß ich Ihnen nicht traute, aber wer, bitteschön, sind Sie? Wer sind die Leser/die Leserinnnen, die nicht nach der *Spiegel*-Bestsellerliste immer wieder die saisonalen Entsprechungen von Benoîte Groult und Bodo Kirchhoff kaufen? Wer sind die Leute, die ein Buch aufschlagen, das von einer bis dato nicht bekannten Autorin geschrieben wurde?

Die vorliegende Geschichte in der dritten Person zu erzählen, erschwerte dem Leser/der Leserin die Identifikation mit den Figuren. Entweder wählt man den Tonfall der Innerlichkeit, um den Leser/die Leserin bei der Stange zu halten, oder man erfindet ein ICH, das es ermöglicht, Unmögliches — alles, was mit einer SIE nur erahnt werden könnte — zu wissen. Der Leser in seiner weiblichen und seiner männlichen Ausformung möchte sich oder sein Gegenüber in einer glaubhaft geschilderten, authentischen Person wiedererkennen. Authentizität und Glaubwürdigkeit wird vermeintlich erreicht, indem man ICH sagt.

Hätte ich die dritte Person gewählt, würde man sich skeptisch fragen: Woher will die das alles wissen?

Der andere Grund, der dafür sprach, ICH zu sagen, liegt in einem Zusammentreffen mit der Schriftstellerin Christine Haidegger aus Salzburg begründet. Sie las in der VHS Linz.

Ich war gemeinsam mit einer mir leider namentlich nicht mehr erinnerlichen Dichterin aus Wien (sie las sehr eigenartige und skurrile Hexengedichte) das Vorprogramm.

Ich habs nicht ungern, Vorprogramm zu sein. Man steht unter keinerlei Erfolgsdruck. Ich las eine Geschichte vor, die das samstägliche Bad der bei mir schon notorischen Familie Gruber zum Thema hat. Im Zuge der Reinigungshandlungen kommt es beim Ernährer der Familie zu einer Erektion, deren Zweckfreiheit — ich meine, daß deren Vorhandensein nicht notwendigerweise einen Geschlechtsverkehr nach sich ziehen muß — Herr Gruber nicht anzuerkennen gewillt ist. Folglich überredet er seine Gattin zur Ausübung ihrer ehelichen Pflicht.

Jeden Moment kann der Sohn zur Tür hereinschneien, die Angelegenheit muß also im versperrbaren Bad geregelt werden. Frau Gruber legt sich bäuchlings auf den aus Weiden geflochtenen Wäschekorb und lamentiert präventiv über die Zerstörung am Korb, die solch blinde Pflichterfüllung nach sich ziehen wird.

Nach der Lesung kam ich im Gasthaus neben Frau Haidegger zu sitzen. Sie nutzte die Gelegenheit, mir sozusagen von Frau zu Frau einen Rat zu geben: Ich solle mich doch nächstens am Waschbecken abstützen. So wäre der Wäschekorb vor der Libido Felix Grubers (hahaha) geschützt.

Diese Geschichte hatte ich in der dritten Person erzählt. Ich zog folgenden Schluß: wenn ich ohnehin zu hundert Prozent mit meinen weiblichen Figuren identifiziert werde, kann ich mir den durch die Wahl der dritten Person implizierten Aufruf zu differenzieren gleich sparen und ICH sagen.

Teile des vorliegenden Romans wurden in folgenden Zeitschriften abgedruckt:

Alltag, Zürich/Berlin
Gegenwart, Innsbruck
Inn, Innsbruck
Mein heimliches Auge, Tübingen
neue deutsche literatur, Berlin

Dorothea Zeemann

REISE MIT ERNST

128 Seiten
Format 13,5x21,5 cm,
Linson mit Schutzumschlag
ISBN 3-85463-107-3

Ein Mann und eine Frau reisen nach Rom, in die „ewige Stadt". Unterwegs lernt man einander kennen oder findet bestätigt, was man ohnedies schon voneinander weiß. Es ist die Reise einer Frau, die sich im Klimakterium befindet, mit einem homosexuellen Intellektuellen, der in Italien Vorträge hält und sich von ihr durchs Land chauffieren läßt. Ernst – so heißt der Mann – bedient sich ihrer, sie dient ihm – aber wer da wirklich der Stärkere ist, ist durch den Anschein nicht ausgemacht.

„Dorothea Zeemann hat ihr Leben als Material eingesetzt und die Ergebnisse unzensiert und ungehemmt benannt. Sie erzählt von Möglichkeiten und Unmöglichkeiten des Lebens und ist sich der Peinlichkeit dieses Wissens bewußt. Doch sie kämpft nicht dagegen, resigniert nicht davor.
Sie nimmt es als den Stoff, aus dem das Leben ist. Das ist vielleicht der Grund dafür, daß sie diesem Stoff näherkommt als die meisten anderen."
Bernd Skupin, Vogue

Edition Falter / Deuticke

Herbert J. Wimmer
NERVENLAUF

142 Seiten
Format 13,5x21,5 cm, Broschur
ISBN 3-85463-101-4

Ein Mensch eilt in einem „Nervenlauf" durch den Alltag und wird zum komischen Selbstdarsteller. „Das Objekt lauert", sagt Herbert J. Wimmer mit den Worten des Philosophen Friedrich Theodor von Vischer. Aber es fragt sich, wer denn überhaupt das Objekt ist – der Mensch oder die Dinge?

„Ein witziges Buch ... Wimmer weiß das Überraschende und Erschreckende genau in Sprache umzusetzen"
ORF

Herbert Selkowitsch

GESTÖRTE KREISE

222 Seiten
Format 13,5x21,5 cm,
Leinen mit Schutzumschlag
ISBN 3-85463-103-0

Selkowitschs' fesselnder Roman, entstanden 1938/39, beschreibt das Leben in Mitteleuropa vor Ausbruch des Zweiten Weltkriegs. Als Stefan Zweig das Manuskript las, meinte er: „Ich habe wirklich den Eindruck eines besonderen Talents, das sich in normalen Zeiten sofort durchsetzen müßte, aber sich sogar in diesen komplett verrückten Zeiten durchsetzen müßte."

„Berührend und ernst erzählt Herbert Selkowitsch"
Le Monde

„Eine wirkliche Bereicherung unserer Literatur"
Der Standard

„Kleines Meisterstück"
Salzburger Nachrichten

„Die Geschichte des Buches ist ebenso
interessant und spannend wie
der Roman selbst"
Wochenpresse

Liesl Ujvary

TIERE IM TEXT

*208 Seiten
Format 13,5x21,5 cm,
Leinen mit Schutzumschlag
ISBN 3-85463-111-1*

„Tiere im Text," sagt die Autorin, „sind Zeichen der Befreiung". Solche Zeichen zu verstehen macht plötzlich Freiheiten denkbar. Der merkwürdige Zwang des falschen Selbstbewußtseins, der Zwang der belastenden und entlastenden soziologischen und psychologischen Klammern ist nicht leicht aufzubrechen. Liesl Ujvary hat dafür ein eigenes Verfahren, ein Schreiben „unterhalb der Bewußtseinsschwelle", ein ganz langsames geduldiges Aufrühren des Anonymen, des Amorphen und der falschen Gestalten, die diesen „Brei tausend trüber Begierden" im alltagsbewehrten Bewußtsein angenommen hat. Am Anfang lesen sich Ujvarys „Tiere im Text" vielleicht wie gängige Innerlichkeitsliteratur, aber auf einmal begreift man, daß sie das Gegenteil davon sind. Das ist der Skandal dieses Textes: Er führt allmählich vor, wie sehr die großen, etablierten Werte des Innenlebens nichts als Tand sind, nichts als ersetzbare, steuerbare Äußerlichkeiten.